光文社文庫

ずっと喪

洛田二十日

光 文 社

ずっと喪　目次

桂《けい》子《こ》ちゃん

よりによって今日、『桂馬《けいま》』になっちゃうなんて。

思わずため息が出た。毎月の事とはいえ、流石《さすが》に気が滅入《めい》った。

月に五日間、私は『桂馬』になる。小学校の頃、女子だけ体育館に集められて保健の先生から説明された通りだった。

「大抵の場合は『歩《ふ》』なんだけど、中には『桂馬』になっちゃう子もいるの。みんなのお母さんにもいるんじゃないかな」。この話を聞いた時、友達と思わず吹き出してしまったのを覚えている。

でもまさか自分がその『桂馬』だなんて。

十四歳の頃から、毎月くる『桂馬』がいやでしょうがなかった。友達とトイレに行く時も、資料室まで大判の地図を取りに行く時も、その期間はずっと私は『桂馬』の動きしかできなかった。バカみたいに、ホップ、ステップ、ジャンプ。当然、みんなからは笑われるし、何より柱に頭をぶつけて私の頭はいつだって生傷《なまきず》が絶えなかった。だから、なのか。

私は不登校になった。もちろん、『桂馬』の時だけ。たまにクラスの友達がプリントを届けにきてくれるんだけど、顔を合わせたくもない。普通に『歩』のみんなが羨《うらや》ましかった。「いいじゃない。みんな違ってみんないい、そうでしょう?」なんて母は慰めてきたけど、そもそもお母さんは『歩』なんだから、私の気持ちなんて分かるわけないじゃない。まだ女の体になっていなかった妹は困ったように私と母のやりとりを見ていた。

ふん。どうせ、あんたも『歩』なんでしょ。お姉ちゃんはね、神様に見放されて、これから先、五十になるまでずっとホップ、ステップ、ジャンプで生きなきゃいけないんだよ。

こうして誰にも理解してもらえない私は反抗期も相まって、ますます荒《すさ》んでいった。

こういう時、きっと他の女の子だったらバンドとか組んじゃうんだろうな。

髪をツーブロックの緑色にして、肩にサラマンダーの刺青《いれずみ》をいれて、客に汗で汚れたピックを投げながら世の中に反吐《へど》を吐いてる、あの感じ。でも、そうした子たちがバンドを組めるのは、共通の怒りだとか、苦悩だとか、性癖でもいいから、とにかく何か通底しているものがあるからで。そうじゃなきゃバンドなんて組めない。その点で、私は一緒に悩んで、ギターを掻《か》き鳴らしてくれるような友達はいない。というか、そもそもバンドが組みたいわけではない。お金がかかるし。

だから、っていうのも変だけど、私は高校を卒業するとすぐに東京の印刷会社で働き始めた。こんな片田舎じゃなくて、東京だったらきっと私と同じ『桂馬』に悩む仲間がいるんじゃないかって。でも、大外れ。高卒の一般職で入ったその会社の同期の女の子はみんな大卒で、しかも『歩』ですらなかった。名門私立を卒業してきた子たちは、『金』とか『銀』。つまり、たとえ「その期間」でも五日間ほとんど支障をきたさない子たちばっかりだった。だから余計に落胆した。そしてその落胆はいつしか私の中で蟻塚《ありづか》みたいに膨《ふく》らんでいって、汚い嫉妬の澱《おり》の底で敵意に変わっていった。

すると、ある変化が起きた。

私がその変化に気づいたのは入社してから三カ月目。つまりは三回目の『桂馬』を迎えた日だった。朝から沈鬱《ちんうつ》な気持ちを抱えながら、『桂馬』の足取りでバス停まで向かう。いつもは電車なんだけど、『桂馬』の日はバスになる。だって『桂馬』だと駅の改札で必ず引っかかって他の人の迷惑になるから。その日は朝から大事な会議があるとかで、一般職の私は総合職で入ったあの『金』やら『銀』の子たちのために資料を印刷しなくてはならなかった。

なんで、私だけ。『桂馬』じゃなければ、私だってあの子たちみたいにしっかり大学に入って、総合職で入社して、会議にだって参加させてもらえたのに。なんでよ。

私が一体、何をしたっていうのよ。

頭の中がぐちゃっつく。

子供の残したプリンアラモードみたいに。

バスから降りて、会社の前まで何とか来ると怒りに任せて渾身《こんしん》のホップ、ステップ、ジャンプ、とはならなかった。最後のジャンプは斜め前ではなくて、「普通の日」みたいに真正面に着地できた。「あれ」何が起きたのか分からず、思わずその場に立ち尽くす。

「邪魔だよ。桂子」後ろから同期で入った慶應《けいおう》卒の男が、一番言われたくないあだ名で私を呼んだ。思わず振り返って睨《にら》み付けたんだけど、その瞬間にまた驚いた。

「私、今、後ろ向けたよね？」

「はあ？」

何言ってんだ、こいつ。そんな風に眉根を寄せると、元慶應ボーイはとっととエレベーターで自分の部署に向かっていった。ううん。こんなテニス焼けで全身がたまり醬油を刷《は》毛《け》で塗ったようになっている奴のことなんてどうでも良い。

私、『桂馬』の日なのに、動ける。

前にも後ろにも。何故《なぜ》か。

答えは余りにも簡単だった。私は、「成った」んだ。嫉妬でおかしくなりそうになって、敵意剥《む》き出しだった私にとって会社が敵の陣地に変わった、それだけのこと。私、動ける。敵意さえあれば、『桂馬』の日でも私は動けるんだ。アイスコーヒーの氷みたいに、昂然《こうぜん》とした気持ちがカランと響いた。

その日から、私は変わった。

『桂馬』の日になっても動けるように、私は絶えず敵意を抱え込むようになった。コピー機のトナーを私が換えるまで絶対自分からやろうとしないあの子たちも。書類のホチキスが右留めになっているだけで癇癪《かんしゃく》を起こす先輩も。滑舌《かつぜつ》が悪すぎて何回も電話口で名前を言い直している、同じ一般職で入った子も。みんな、私を苦しめる、敵だ。そう思い込むことで、私は『桂馬』の日でも会社の中ならほとんど自由に動けた。もちろん自由と引き換えに私の居場所はなくなったんだけど。でも、孤立する前から、そうなる前から私はずっと孤独だった。桂子だなんて、もう誰にも呼ばせない。ずっと眉間《みけん》に皺《しわ》を寄せて、先輩からの書類も乱暴に受け取って、睨み付けて、それでもクビにならなかっただけ凄《すご》いと思う。意外と懐の深い会社だなって、思わず感謝しそうになり、慌《あわ》てて目を吊り上げ直す。

自由を手に入れてから、幾年かが経過しようとしていた。すっかり人相の悪くなってしまった私は、金曜日の夜だというのに誰にも誘われることなく家路に就《つ》いて、机の上に放置していた公共料金の支払い書の封筒を乱暴に破いていたら珍しく携帯電話が鳴った。

実家にいる妹からだった。

「お姉ちゃん？　私」

久しぶりに聞いた妹の声は陶器みたいに無機質に響く。

「あのね、立教大学のオープンキャンパスに行くんだけど、その前に東京観光したくて、よかったらお姉ちゃんの家に泊めてくれない？」。妹。立教大学。東京観光。私。

「別に、いいけど」

でも、気がかりなことがある。

「何日？」

「んーとね、二十一日」

明後日《あさって》だ。大丈夫、『桂馬』の周期より少し前だ。

そうか。妹は大学に進むのか。思えば、十四歳の頃からろくすっぽこの子と会話したことがなかった。東京に来てほとんど帰省もしなかったものだから、会うのは三年ぶりになる。

「聞いてる？」

「え？　うん、大丈夫。じゃあ、時間とか決めたらまたメールして」

妹が東京に来る。果たして案内できるだろうか。こっちに来てから彼氏どころか友達もいない私だ。休日といえば、大抵ＤＶＤでも観てるか、買いもしない家具のカタログばかり眺めて過ごしている。

実家にいた頃の私は妹にとって「桂馬、桂馬」とうるさい馬鹿な女だったに違いない。でも、私はこっちに来てから、変わった、はず。会社でも、文字通り前向きになった。カッコいいところ、見せなきゃ。立ち上がると踵《かかと》の汚れたパンプスを履いて、いつも家具のカタログを買っている書店に、若い女性向けのトレンド雑誌を買いに出かけた。

そして、『桂馬』だ。よりによって、今日。

せっかく人生で初めてのスイーツブッフェだって予約したのに。だから女の体は当てにならない。結局、例のごとくバスで阿佐ケ谷駅に向かい、そこからまたバスを乗り換え、渋谷に来た。

私がわざわざ指定してしまった、ハチ公前。ホップ、ステップ、の少し先。三年ぶりに見る妹がそこに立っていた。あの頃とは違う。女子高生とはいえ、すっかり女に変わっていた。先生に指摘されても天然と言い張れるくらいに緩《ゆる》く脱色した茶髪。私と輪郭がそっくりの丸顔に薄くメークして、あの町に売っていたとは信じられないタータンチェックのハットを被《かぶ》って、小さくこちらに手を振っていた。

「久しぶり」私の声はもう息が上がっていた。

「うん」妹の声からは桂子ちゃんへの憐憫《れんびん》が微《かす》かに感じ取れた。

「本当に渋谷で良い？　やっぱり立教なら池袋の方が良かったかな」

「ううん、良いの。池袋は受かってから知ればいいから」三年ぶりともなると、どこかぎこちない。

そして、予想どおりだった。

「桂子ちゃん」で歩く渋谷は困難を極めた。

一人で歩く時でさえ、人波を避けるのに一苦労だというのに。妹を連れて移動するなんて至難の業《わざ》、というか無理だった。

「ごめん、パンプス取ってもらえる？」

スクランブル交差点の真ん中にこの日のために新調したエナメルのパンプスが抛《ほう》りだされてしまった。私は後ろには進めない。

聞こえは良いが本当に進めない。

さっきから無言の妹は何も言わずに、パンプスを拾い上げるとややぞんざいに私に押し付ける。

「今日、その日なら最初からそう言ってよ」

思い描いていた東京観光の出端《でばな》をすっかりくじかれた妹はため息交じりに私を軽く睨んだ。

「しょうがないじゃない。なる時はなるの、あんただってそうでしょ！」

結局、私は何も変わってはいなかった。敵の陣地に行けば「成れる」けど、渋谷は会社じゃない。敵がいなければ私はただの「桂子」に戻ってしまう。でも、ブッフェだって予約してしまったのだ。眉をひそめる妹を無視して、センター街を跳び進む。妹は押し黙って、下を向いて、歩幅だけ大きくして私の後ろをついてきた。

「ごめん」って一言いえばそれで、済むのかもしれないけど、どうしてもそれはできない。プライドというか、単純に『桂馬』中のイライラのせいだ。

目当てのお店が見えてきた。ところが致命的なことに、歩数を間違えたせいでどう頑張ってもその店に辿《たど》り着くことができないことが分かった。例の『桂馬』の動きで進んだところで、最終的には隣の雀荘《じゃんそう》に着地する。

「ごめん」ここで、漸《ようや》く後ろの妹に謝った。「お姉ちゃん、間違えちゃった。お金渡すから、あんた一人で行ってきて」

こういう気まずい時だけ、『桂馬』は便利だ。怒っている相手の顔を見なくて済む。

突然、背中に衝撃が走る。妹が、ハンドバッグを私に投げつけてきた、らしい。

「もう良いよ！　お姉ちゃんなんかに頼むんじゃなかった！」

この言葉に私の「誰も分かってくれない病」が再発した。

「知っていたじゃない！　私が『桂馬』だって！　何なのよ！　分かって頼んだのはそっちでしょ！　お姉ちゃんだって、好きで『桂馬』になったわけじゃないんだからね！」

怒りの余り振り返って、妹の胸元を押す。

皮肉なことに、私は「成った」。

あの慶應ボーイの時と同じく、私はついに妹までを敵だと認識したのだった。

振り返った時の妹は想定とは違い、意外にも今にも泣き出しそうな顔つきだった。

「別に、私ブッフェに行きたかったんじゃない」

とうとう彼女の眼から涙がこぼれた。

「そうじゃない。別に、お姉ちゃんが『桂馬』だから、嫌なんじゃないの。私はお姉ちゃんの部屋でぜんぜん良かったの。お姉ちゃんと久しぶりに会えたのに、一人でずんずん前に進んじゃって。『桂馬』の日なら、そう言って欲しかった。今日、分かっていれば、私だって渋谷で待ち合わせなんかしなかったよ？　お姉ちゃんの家に直接行ったのに。全然、私の顔、見てくれないんだから。三年ぶりなんだよ？」

濡《ぬ》れた瞳で、妹がまっすぐ私を見つめてくる。あの時と同じ眼だ。十四歳の頃、母にやつあたりしていた時に、私を困ったように見つめていた妹のあの眼。

妹は別に憐《あわ》れんでいるわけでも、恥じ入っているわけでもなかったのか。ただ純粋に、私のことを心配してくれていただけだったのか。私の頭から、敵意が消える。また元の「桂子」に戻る。でも、今度は逆。妹が教えてくれた通り。別に、私は無理に動かなくても良いのだ。何だか、笑えてきた。

笑えてきたら、急にお腹が空《す》いた。

「タクシーで、帰ろっか。家まで」

そう言うと妹は破顔して、頷《うなず》いた。

「うん。お姉ちゃんは、そこにいて。私が摑《つか》まえるから。東京のタクシー」

妹は大通りに向かってすたすたと前進し始めた。心なしか、スキップしているようにも見える。こんな簡単なことだったのか。姉妹って。ちょうど、妹の前方にタクシーが通りかかる。妹は、手を挙げそのタクシーを摑まえる、かと思えばそのまま直進し始めた。

「どうしたの？」。脇目も振らずセンター街を突き進む妹に向かって私は声を張り上げる。

「ごめん、お姉ちゃん。きちゃった」

「嘘でしょ。だってあんたのって」

香車《きょうしゃ》じゃないの、そう言い終わる前に妹は人ごみの中へ、猪突猛進《ちょとつもうしん》。

初めての東京で敵などいるわけがない妹はスクランブル交差点をひたすら突き抜けていった。

円《まる》い春

「きたぞ、前線だ！」

櫓《やぐら》の上。土建屋の若い衆が指差した南の空に広がる青色と桜色を分かつ境界がはっきりと現れた。山稜《さんりょう》を舐《な》めるように桜色に染まった空はじわりじわり、この村へと迫ってきている。チャンスは一度きり。これを逃せばもう、この村の財政破綻《はたん》は半ば決定されたと同じだ。緊張のあまり、握る手綱《たづな》に汗が染《し》み込む。

桜前線をこの村に留《とど》めてしまおう。こんな奇矯《ききょう》な村おこしがかつて行われたことがあったろうか。律儀《りちぎ》に反語するまでもない。何故《なぜ》なら桜はこの国、みんなのものだ。国中の人間が、桜前線を待ち望み、前線の到来に合わせて花見の計画を立てている。千二百年、或《あ》いはもっと古くから。つまり、今から俺たちの村が一丸となって行おうとしていることは決して許されるものではない。しかし、これ以外の方法はついぞ思いつかなかったのだ。四方を山に囲まれ、戦前は紡績業で栄えたこの村も、今ではすっかり過疎化が進み、若者はみな都会へと流れたまま帰ってこず、絶えず深刻な嫁不足に苛《さいな》まれ、これといった観光資源もない。絵に描いたような限界集落と化していた。

　俺たちはこの村で生まれ育った。

　だからこそ、村の惨憺《さんたん》たる現状を打破したい思いはやまやま。しかし、一向に妙案は浮かばず。その日も村役場の月例会議で村民一同、雁首揃《そろ》えて、ただ腕を組んではむずとおし黙っていた。

「鄙《ひな》びた村であることを逆手に取ったらどうだ？」

　幼馴染《おさななじみ》で土建業を営む浩平《こうへい》が口を開く。

「都会の生活に疲れた人たちにスローライフを送ってもらう、前にそれで成功した村をテレビで紹介してたぞ」

「バカ、そういう村は過ごしやすい気候だとか、温泉がそこらじゅうに湧いているとか、夜這《よば》いの風習が残っているとか、何か人を惹《ひ》きつけるものがあっての話だろうが」

　そう反駁《はんばく》するのは二つばかり年長で酒屋を営む京太郎《きょうたろう》である。

「ウチの村に何がある？　盆地だぞ。夏は暑けりゃ、冬は寒い。お前、三年前のこともう忘れたのか？　あの時もそうだ。テレビで観たとかなんとか言って、『温泉で町おこしするぞ』とか勝手に土建屋の若い衆たち引き連れて、結果どうなった？」

京太郎の言う通り。三年前、浩平は温泉を掘り当てるために村の至る所に縦穴を掘り、穴だらけにしてしまった前科がある。それこそ、畑でも、他人の家の庭でも、この村役場の裏庭だって例外ではない。しかし結局、温泉は湧き出なかった。水はけの良さだけが取り柄の白砂の地層はやがて地盤沈下を引き起こし、運悪く京太郎の酒蔵は大きく傾き倒壊寸前のところまでいった。

「ねえ、おじいちゃん、桜散っちゃった」

険悪な雰囲気を綻《ほころ》ばせたのは五歳になる村長の孫娘の春《はる》であった。先ほどから黙って白頭を掻《か》き、懸命に考えているフリを決め込んでいる村長の首に彼女は両腕を絡みつかせる。途端に空気が弛緩《しかん》する。

「春ちゃん、どうした？」

京太郎の追及にバツが悪くなった浩平は話題を変えようと春ちゃんに話しかける。

「あのね、ウチの桜、みんな散っちゃった」

「春、桜だってずっと咲いているわけじゃないんだよ」そう言うと村長は孫娘を膝に乗せる。

「じゃあ咲かせて、おじいちゃん。花咲か爺《じい》さんみたいに」

この一言で俺たちは誰が呼び始めたか「花咲か爺さん大作戦」を決行するに至った。国中の桜を限界集落が独り占めにする。花見をしたければウチの村に来い。その代わり桜は一年じゅう咲いている。

これが俺たちの村おこしだ。

あれから一年、ついに決行の日が来た。段取り自体は非常に簡単なものだ。

まず土建屋の浩平がこの盆地の東端と西端に高さ十五米《メートル》はあろうかという櫓を構える。

この櫓は決して桜前線の動きを見張るためだけにあるのではない。櫓の上で、村を通過しようとする前線を鉤《かぎ》のついた手綱で引っ掛け、引きずり下ろすと、出刃《でば》包丁で思い切り断つ。反対側の櫓も同じ要領で行われる。理論は簡単だ。果たして上手《うま》くいくか。

そしてその大役を務めるのが京太郎と、俺だ。

抜擢《ばってき》された理由は大したものではない。ただ二人とも幼い頃より大の釣り好きであり、村長曰《いわ》く「同じようなもんだろう」とのこと。抜擢理由は適当であろうと、任務遂行にあたり手抜かりは許されない。

「準備は良いですか？　ほら来ますよ！」

櫓の上で手綱を強く握る俺の隣、出刃包丁を持った土建屋の若い衆が興奮気味に叫ぶ。その声からはどこか子どもじみた興奮が感じ取れた。無理もない。俺だってそうだ。緊張こそしているが、眼前に迫り来る幻想的な光景に思わず息を呑《の》む。

刻一刻と近づいてくる前線に区切られた南の桜色の空。その下で、この盆地を囲む山に潜《ひそ》んでいた桜が一斉に花を咲かせる。花弁は春風に攫《さら》われると、嬉《うれ》しそうに乱舞する。櫓の下で楽しげな声が聞こえる。春ちゃんだ。彼女はぴょんぴょん跳ね回ると、頬《ほお》を同じく桜色に染めて笑っていた。

桜前線は間も無く櫓の上を通過しようとしている。鉤つきの綱を右手で勢いよく回転させると、

「今です!」

この合図と同時に俺は前線めがけて綱を思い切り放り投げる。確かな手応《てごた》えを感じた。そのまま力任せに引っ張り込む。拍子抜けするほど簡単に、桜前線は手元に手繰り寄せられた。間髪《かんはつ》容《い》れずに「そい!」若い衆は出刃で前線を断ち切ると、暴れないように全体重をかけて足で押さえつける。二つに切断された桜前線の反対側は、進行方向と平衡感覚を失い、しばらく上空でのたうち回っていたが、やがて西の空に溶けていった。

「向こうは?」

堪《たま》らず東に聳《そび》えているはずの櫓の方向を見やる。京太郎も成功したようだ。東の空にはアスファルトの上のミミズのように千切れた前線がグネグネと動き回り、やはりしばらくすると静かに青空へと吸い込まれていった。

もし今、列島を俯瞰《ふかん》できるならば、真ん中だけを残して断ち切られた桜前線は一瞬「八」の字となり、一方は大陸側へ、一方は大海原へと爆《は》ぜていったことになるだろう。

では今、俺たちが切り取った桜前線の「真ん中」はどうなるのか？　東の櫓の方向より鐘の音が聞こえると、それを合図に若い衆が押さえつけていた桜前線から慎重に足をどかす。

両端を切り取られた桜前線は生気なくふわりふわりと浮かび上がる。盆地の空の上でぎこちなく体を畝《うね》らせると、切り取られた端と端を結びつけ、綺麗な円となる。盆地全体を覆うにしては些《いささ》か小さな、円。青空の真ん中に、桜色した円形の空が現れた。

それは「花咲か爺さん大作戦」の成功を意味していた。櫓の下、集まった村民の大歓声が聞こえる。春ちゃんの声だけ一際、大きく聞こえた。俺たちは、この国から桜を奪った。

その代わり、最高の観光資源を手に入れたのだ。この村の空はこれから未来永劫《えいごう》、桜色でありつ、常春の村として桜が咲き続けるのだ。

「いやあ、そうか。盆地全体を覆うんだったら、もっと櫓と櫓を離すべきだったんだなあ」

浩平は頭を掻きながら、京太郎にお酌する。

「つめがあめえんだよ、お前は昔っから。まあ、俺も気づかなかったんだけどな」

酩酊《めいてい》した二人は、桜吹雪の中、大いに笑う。村長も、春ちゃんも、俺も笑った。桜色の丸い空の下、村民たちは大いに酒盛りを楽しんでいた。この酒は全て、京太郎が自分の酒屋から持ってきたものだ。

「でもいいのか？　こんなにご馳走《ちそう》になっちゃって」俺が尋ねると京太郎は闊達《かったつ》な笑い声をあげる。

「なに、いいのよ。また明日、五百ほど仕入れるから。それも純米大吟醸よ。まあこの様子じゃまたすぐ追加だな」

そう言うと京太郎は後ろを振り返る。

人に人に人。俺たちの村によって「花見」を奪われた人々が、咲き誇る満開の桜の木の下で、ブルーシートを広げ、弁当を突《つつ》き、酒を呑み、笑い合っている。

「花咲か爺さん大作戦」からわずか二週間しか経過していない。決行の翌日、朝のニュースの天気予報図で桜前線が内陸の限界集落に奪われてしまったことを知った人々は激昂《げっこう》。火砕流《かさいりゅう》のごとく、この村へと押し寄せた。当然、こうした事態を予測していた俺たちは村の入り口に土嚢《どのう》でバリケードを築き、暴動が村の内部にまで及ぶことを防ごうと待機していた。が、杞憂《きゆう》に終わった。桜を奪われ、憤怒《ふんぬ》に満ち満ちた人々の顔も、桜色の円形に切り取られた空の下、満開に咲く花の美しさを前にすると、刹那《せつな》にして敵意は萎《しお》れ、口元が緩《ゆる》み出した。桜。この国の桜。

桜を前に、人々は全面降伏するほかないのだ。

同様の人波が何回か訪れたが、結果はいつも同じ。結局、人々は花見がしたいだけだった。

誰かがブルーシートを広げれば、あっという間に村の至る所で花見の宴《うたげ》が行われ、酒が無くなれば京太郎が廉価《れんか》で酒を提供。特需の恩恵を受けたのは京太郎だけではない。桜目当てにやってきた津々浦々の人々は村じゅうの個人商店に金を落とし、村は潤《うるお》い、ついに財政破綻を免れた。

「桜、散っちゃうの？」

春ちゃんが心配そうな声で、村長に問いかける。

「桜はね、散らないんだよ」

村役場に再び集まった俺たちを前に村長は自分に言い聞かせるように答えた。


あれから二カ月が経過し、また前線が来た。

梅雨前線だ。言わずもがな、桜は雨に散る。まして梅雨前線が停滞してしまえばなおさらだ。桜前線が上空にある以上、梅雨前線がそれに邪魔されてこの村に留まってしまうのではないか。そうなってしまえば、桜は散る。これが今回の月例会議の議題だ。

が、以前のような沈鬱《ちんうつ》とした雰囲気は最早《もはや》ない。多少大掛かりであろうとも対策を講じるだけの潤沢《じゅんたく》な資金を既に俺たちは手にしていた。

「今度も俺にやらせてくれよ」

やはり、口火を切ったのは土建業の浩平だった。浩平は前回の櫓の一件で、この村での名誉を挽回《ばんかい》し、すっかり得意になっている。一方で、肝心の土建業に関してはいかに桜が咲き続けようと仕事が劇的に増える訳でもなく、酒屋の京太郎ばかりが桜成金になっている事に対して快く思っていない節もあった。

「俺んとこが全部、引き受けますよ。要は梅雨前線が桜前線とぶつからなきゃ良いんだろう？　だったら、簡単よ。地下電線と同じで、引っ張り込んで地面に埋めちまえば良いんだ。なあに穴掘りにかけちゃ、この村で俺らの右に出る奴らはいねえんだ、桜は散らせねえよ」。自信たっぷりに浩平は語った。

「おい、そんなことして大丈夫かよ」ここでも京太郎は口を尖《とが》らせる。

「そんなことしたら、地層が泥濘《ぬか》るんでまた地盤沈下を起こすんじゃねえのか」

さすがは経験者。京太郎の言い分はもっともだ。俺も、村長も、他の村民も心配の声をあげる。ところが浩平は意にも介さず、

「これだから素人は困るんだ。良いか？　この村の地層はなんだ？　柔らかい白砂だ。とにかく水はけが良い。紙おむつが詰まっているようなもんだ。梅雨時の雨なんて、あっという間に吸い取って、地下水脈に流しちまうよ」

なるほど。それもそうだ。浩平の言う通り。工事に関して素人の我々は、この事業を彼に全面委託することにした。

「すごーい、きれーい」

春ちゃんはヘリコプターの窓に額をくっつけると、眼下に広がる光景にはしゃいだ。つい先ほど、救助隊員に摑《つか》まり、自宅屋根の上から助けられたばかりの俺は、息を整えると、春ちゃんの隣に座って同じように村を見下ろした。

確かに、美しかった。

桜色の空の下、水に飲み込まれた俺たちの村。水面もまた桜色に反射し、花弁が煌《きらめ》きながら渦を巻いている。盆地は地下から渾々《こんこん》と湧き出る雨水を四方の山で堰《せ》き止め、ゆっくりと沈んでいった。救助ヘリの後部席では、申し訳ねえ、申し訳ねえと、肩を震わせて浩平が泣いていた。

「確かに水はけは良かったんだ。でもよ、俺忘れてたんだ。温泉の時の穴を埋め立てるのを。これじゃいくら水はけが良くたって、雨水はそこから溢《あふ》れちまうよな、ごめんよ、桜が、俺たちの村が、終わっちまった」

橙《だいだい》色の毛布に包まれ、子どものように泣きじゃくる浩平に、先に救助されていた京太郎が近づき、お猪口《ちょこ》を一つ渡す。もう一方の手に、泥のついた酒瓶を携《たずさ》えながら。水に沈む酒蔵からなんとか引っ張り出した、最後の純米大吟醸だ。

「これはバチだ。お前だけが悪いんじゃない。桜を奪ったツケがこうして回って来たんだ、な」

京太郎は浩平のお猪口に酒を静かに、注ぐ。同時に、救助ヘリのドアが開く。最後まで桜の木にしがみついて離そうとしなかった村長が隊員に無理やり引き剝《は》がされて、救助された。幸い、死者は出なかった。

開け放たれたヘリのドアから、桜の花弁が大量に吹き込むと、浩平のお猪口の中に何枚か入り込んだ。盃《さかずき》に浮かぶ、桜の花弁。窓の下に広がる光景とあまりにもよく似ていた。

初恋ファガール

ポーォン。

涼やかだけど、どこか鈍い響き。

頭の芯から爪先にかけて、音がうねりながら駆け抜けていく。

小さい頃、並べた瓶に違う量の水を入れて音階を作る教則ビデオを観たことがあるなら、説明の手間が省ける。

一応、あれと同じようなことをやっている。

ポーォン。

もう一回、試してみた。

やっぱりダメ。いちいち確認しなくてもわかる。明らかに半音低い。「ファ」の感触がどうしても摑《つか》めない。水の量は申し分なかった。きちんとファを奏《かな》でるだけの分量を胃袋におさめている。なのに、何度やっても半音低くなってしまう。

となると、理由は簡単だ。

余分な脂肪が邪魔して腹膜をうまく震わせられていない、それだけのこと。この現実を直視するには勇気が必要だ。コンサートの正式メンバーが発表されるまでもう一カ月を切ってしまっている。どうしよう。このままではファに選ばれない。あの人の隣で奏でてもらえない。それだけはイヤだ。

思い切り深呼吸して覚悟を決める。

「お母さん！　明日から弁当いらないから！」

「ボディーパーカッションの進化系」って入部の時に説明されたけど、ウィキには中国宮廷で生まれたとか、古代ギリシア時代に暇を持て余した貴族たちが地下室に集《つど》い、自分らの奴隷にたらふく水を飲ませては、その膨《ふく》らんだお腹《なか》を打楽器にして楽しんでいた、みたいな恐《こわ》いことも書いてあり、起源説はいろいろ。実際のところはよくわからない。

呼び名も学校ごとにバラバラだ。木琴《もっきん》にならって「人琴《じんきん》」なんていうところもあるし、単に「パーカッション」ていうところも多い。お母さんの頃は「被打奏《ひだそう》」なんて仰々《ぎょうぎょう》しい表記だったらしい。ちなみにうちの学校は「パーカッション」だ。どのみち共通するのは、自分たちが楽器になるということ。奏でるのではなく、奏でられるということ。

「だからお弁当いらないって言ったじゃん！」

玄関先で居間にいる母に叫ぶと、私は自転車にまたがり朝練に向かう。空っぽのお腹に、朝の冷たい空気がヒュルリと入り込む。大丈夫。あとで水をたっぷり飲むんだから。

部室のドアを開けて、びっくりした。

窓際に、あの人が。高坂《こうさか》先輩がいた。

常備されているミネラルウォーターのボトルに口をつけながら私を認めると片手で「よっ」と挨拶《あいさつ》する。やっぱり、ちょっとダサい。それでも私の体は勝手に硬直する。心臓の音が高鳴る。空っぽの胃袋にズンズン響く。私の感情が渋滞していることなど知らない先輩はボトルのラベルを確認する。

「朝から軟水はおかしいか。普通は硬水だよね」

朝から水の硬さに気を遣っている男子高校生の方がおかしいですよ、なんて気軽に言えればいいんだけど。その辺のミネラルより硬くなった私は、ただ苦笑いを浮かべるので精一杯。

「早川《はやかわ》、ファだっけ？」

「あ、はい、まだ正式に決まってないんですけど。先輩は、ずっとソですよね、ソ」

「そ。あいや、うん」

先輩は慌《あわ》てて言い直す。多分、偶然にもダジャレになったことが気になったんだろう。こういう小市民的なところだって、今では惹《ひ》かれてしまう。

「じゃあちょっとやってみてよ」

え、今からですか？　そう私がいう前に先輩はもう準備室に引っ込んでパーカッション用のマレット（大太鼓《おおだいこ》とかに使われるバチ）を取りに行ってしまった。こんなことになるとは。先輩と朝から二人きりで、しかも直接練習に付き合ってもらえるなんて。浮き足立つ心とは裏腹、頭は意外と冷静になる。

少し笑って、私も水を飲む。

鼓動《こどう》が胃袋の中で水に沈んでゆく。

そろそろ誰かが来てもおかしくない時間だ。

先輩が私の前に立つ。逆光で表情がよく見えないのがむしろ楽だ。先輩はマレットを優しく持ち直すと、そっと私の頭頂部に下ろした。

ポーォン。

やっぱり、昨日と同じ音。

「音は綺麗《きれい》なんだけどね、なんでだろ」

それはですね、この脂肪の仕業なんです、とは死んでも言えない私は「血圧低いんですよ」なんてよくわからない返答をしてしまい、余計に焦《あせ》る。

「でもやっぱ羨《うらや》ましいよ。早川のその頭の形」

そう言って先輩は笑う。

そうなのだ。この人は私をコンプレックスから救ってくれたのだ。入学時点でまだ何部に入るか決めかねていた時、たまたま見学に訪れた「パーカッション部」のこの部室で、先輩は今と同じことを言った。ずっと絶壁を気にしていたのに、この人はそれが羨ましいと言う。今考えれば初対面で頭の形を褒《ほ》めてくるとか変なんだけど。その日以来、私はこの人のことが、なんというかあれで、隣にいたい、みたいな気持ちを抱いている。だからこそ、次のコンサートではファになりたい。何が、なんでも。


でも、一カ月しかない。

だからこそ、できることはなんでもした。

最高のファを奏でられる楽器になるために。

胃袋の位置をより固定するために腹筋を鍛え、響きをよくするために骨盤矯正もした。

そして何より、ダイエットだ。

毎日、海藻サラダと水ばかりで過ごすのは辛《つら》い。家族は私が変な宗教にのめり込んでいるのではと不安がったけど、確かに似たようなものかもしれない。ファに取り憑《つ》かれていたのだ。

正式メンバー発表の三日前。

自室で鏡の前に立つ。誰がどう見てもお手本のようなファ体型だ。慎重に水を口に含む。カップ麺に内側の線までお湯を注ぐ感覚に近い。胃袋の中にファ特有の膨満感が訪れるまで、水を満たしていく。そして深呼吸。

おそるおそる、頭頂部をマレットで叩《たた》く。

ポーォン。

それは完璧なまでの、ファだった。

たった一個のファが身体《からだ》の中を無限に響き渡っていく。ファそのものになったような幸福感が私を満たした。嬉《うれ》しくて、涙が出そうになるけどそれは正式メンバー発表の時まで取っておこう。

「だから無理なダイエットは身体に毒って言ったでしょう」

すっかり元の体型以上に太ってしまった私を見て母はため息をこぼす。でもねお母さん、これはリバウンドじゃないのだよ。普通に暴飲暴食した結果なんです。たった三日でここまで太れるとは我ながら驚く。でも、しょうがないじゃない。高坂先輩に別の高校に彼女がいるなんて、知らなかったんだから。

正式メンバーが発表され、私は当然ファにはなれず、ソから、先輩から一番離れた低音のドに指名された。

「いや、別にいいんだぞ、無理しなくても」

顧問の先生は妙に気を使いながら、私の顔を窺《うかが》う。そりゃそうだ。低音のドなんて普通男子がやるんだから。でも、ファになれないのなら、どこでもいい。

日曜日ということもあってコンサート会場はほぼ満員だった。この中に、高坂先輩の彼女もいるのかもしれないと思うと、胃袋が締め付けられる。

前の学校の演奏が終わり、私たちの学校名がアナウンスされる。ド、レ、ミ、ファ、ソ、ラ、シ、ドと音階順に並ぶと、観客に向かって一礼する。会場全体の緊張感が高まっていく。

うっかり、高坂先輩をチラッと見てしまった。先輩もこちらに気づいて、ニヤッと笑う。

笑わないでほしい。なんで笑えるんですか。こっちはあなたのせいで、ドですよ、ド。今日の出演校で低音のドを担当している女子は私だけですよ。すみません、やっぱり笑っちゃいますよね。

演奏が始まった。

曲目は『剣の舞』。やたら激しい曲だ。

顧問の先生がマレットで、私たちの頭頂部を凄《すさ》まじい勢いで叩いていく。絶壁の頭が叩かれる。ボーォと私の体が太いドの音を放つ。全然望んでないけど、放つ。放つ。放つ。

もっと叩いてほしい。

この絶壁の頭をもっと強く。

先輩のことをすっかり忘れるくらい、強く。

どうせだったら、頭の形も変えてほしい。

急に涙がボロボロと溢《あふ》れてくる。

ダメだ。体の水分量が変わったら、半音上がってしまう。そんなのダメだ。ダメだ。ダメなんだけどさ。

その後のマグロ王

「再会」という言葉をほぐすと「期せずして」というニュアンスが顔を覗《のぞ》かせる。少なくとも、僕の場合はそうだった。

僕とマグロ王、そして父さんとの再会は期せずして同時に果たされることになった。

「再会を語るには出会いを語らなければならない」

今しがたラテンアメリカ文学の授業で教わったことが少なからず誤りでないのであれば、僕はまずマグロ王との出会いについて語らなくてはならないだろう。

僕とマグロ王との出会いは十年前に遡《さかのぼ》る。

まだ九歳だった時のことだ。

僕が生まれたのは日本海に浮かぶ人口二百五十人ほどの小さな島。大学の友人に島の名を言っても伝わったことがない。

アクの強い土着信仰もなければ、好事家《こうずか》を蠱惑《こわく》する廃墟も廃坑もない、ただの島だ。港の市場に行けば小さなサクラガイを組み合わせただけの、恐ろしく不細工な魚の人形が売られていた。その島唯一の土産屋の主人が父さんで、僕はその息子として生まれ育った。

「草太、マグロ王に挨拶《あいさつ》に行こう」

九歳の誕生日を迎えた朝、父さんは僕にそう言うと、磯臭いワゴンの座席に足ヒレとシュノーケルを放り込んで、浜辺へと向かった。曙光《しょこう》に照らされた日本海は噎《む》せるような鈍色《にびいろ》に煌《きら》めきながら、汀《みぎわ》を黒く濡《ぬ》らし続けていた。

海水の冷たさに震える僕をよそに、父さんは、あっという間に消波ブロックの先まで行ってしまった。なんとか追いつこうと我武者羅《がむしゃら》になって泳げば、約束していたかのように、そこにマグロ王がいた。

聞いていた通り、ずいぶんと老衰していた。

誤解して欲しくないのだけれど、マグロ王は何かの比喩《ひゆ》じゃない。本当にこの島の周辺海域を回遊するマグロたちを統《す》べる、王だ。

岸から二百メートル、水深わずか十五メートルほどのところに、彼は寝そべっていた。

遠くから見れば、朽ちた難破船と見紛《みまが》うほどに巨大な体軀《たいく》を、剝《む》き出しの黒い岩肌に横たえて、白濁したその眼を僕ら父子に向けた。

僕は海の中、身を硬くしながらも、ぺこりと会釈《えしゃく》した。僕を見るや、マグロ王は何か言いたげに唇を少し動かしたようにも見えたが、ただの気のせいだったのかもしれない。

その間もマグロ王の身の回りを世話する侍鯒《じゆう》たちがせっせと渦をなし、五メートルはあるマグロ王の赤銅色《しやくどういろ》したエラに向かって新鮮な酸素を送り続けている。よく知られている通り、マグロは泳ぐことでエラから酸素を取り込む。しかし、老いて寝たきりとなったマグロ王にそれはできない。

早い話、介護が必要なのだ。

そしてこれが僕と父さんの仕事になった。マグロ王は周辺のマグロを統べる。僕たちの普段の食卓にのぼるマグロも、マグロ王の家臣たちだ。マグロ王がいなくなれば、当然マグロもいなくなる。だからこそ、マグロ王の延命は島にとっても重要な課題なのだ。最初に話した通り、僕ら父子は漁師ではない。土産屋を営んでいる。ただでさえ観光客が少ないこの島で、漁師にならず呑気《のんき》に貝殻で魚の人形を拵《こしら》えているような僕らの家族はすっかり暇人と思われていたようだ。

「そこで、見ていなさい」

僕を海面に残すと、父さんは侍鯒たちの隙間を縫《ぬ》うように、ゆっくりとマグロ王のもとへと潜っていった。侍鯒たちが担当しているエラとは反対のエラに回り込むと父さんは足ヒレを外し、興味本位で近づいてくるクサフグを退けながら、火を熾《おこ》すように何回か海水を扇《あお》ぎ、やがて海面で揺れている僕に足ヒレを手渡した。

見よう見まねで、僕も足ヒレで扇ぐ。マグロ王の錆《さ》びたエラの襞《ひだ》が、くすぐったそうに揺れた。あんまり強く扇ぐと咳《せ》き込んでしまうらしいので、慎重に手を動かし続けた。

それからほぼ毎朝、僕らは母さんが寝ている間にワゴンで浜へ向かい、マグロ王の介護をしてから朝食をとり、父は土産屋、僕は学校という日々が続いた。

時々、別の島の漁船が近くを通る。普段は沖合にいるマグロたちは、狙われてはならないと四散してしまう。そんな時は逃げた侍鮪が戻ってくるまで、僕と父さんが両方のエラを担当することになる。こんな生活を送るうちに、すっかり僕は屈強な体つきがご自慢の青年へと成長していった。長年にわたる寝たきり生活で全身の筋肉が硬直しきっていたマグロ王も、驚くべきことに僕が本州の大学に進むまで生きながらえていた。

島を出る前日、僕は一人でマグロ王に挨拶しにいった。最初から濁っていた眼はとっくに光を喪《うしな》っており、僕はただ見慣れた赤銅色のエラに向かって、出会った時と同じように身を硬くしながらも、ぺこりと頭を下げた。

「マグロ王を語るにはツナ缶を語らなければならない」

今しがたのラテンアメリカ文学の授業では全くそんなこと言われなかったけれど、僕はツナ缶について語らなければならない。

大学に進学して程なくすると、父さんが行方《ゆくえ》不明になったという報《しら》せを受けた。

台風のため日本海が大荒れとなった朝。

それでも父さんはいつものようにマグロ王介護のために彼の元へと馳せ参じ、そのまま帰ってこなかった。


父さんが日本海に消えて一年が経《た》った今日、僕は下宿近くのスーパーでツナ缶を買った。開けると中には、ひどく筋張ったツナと一緒にゴム片が入っていた。一目で、父さんの足ヒレだとわかった。マグロ王が父さんを飲み込んでしまったのか、それとも荒れる海の中、マグロ王のエラの中に入り込んでしまったのか、今となってはわからない。

ただ一つだけ確かなことは、父さんは死の間際まで、マグロ王の介護を続けていたということだ。島のために。みんなのために。

だからこそ僕は、父さんとマグロ王に期せずして再会することができた。でもこの話と異物混入に関しては話が別で、ゴム片の混入をネットに公開するつもりだ。

パックマン

とうとう怪我人《けがにん》が出た。奴を消滅させるためにはどうしたら良いのか。一介の小学校教員に過ぎぬ小林は「パックマン」に頭を悩ませ続けていた。パックマンとは無論、通称である。一年前より、突如として出現したあのバケモノ。日によって色が違う。形も違う。基本的に巨大な柑橘《かんきつ》類に切れ込みを入れたような、それこそパックマンによく似た姿をしている。ただし日によってその「口」となる切れ込みの角度の大きさも微妙に変化する。校内を滑るように徘徊したのち、やはり前触れなく何処《どこ》かへと去っていくのが通例である。その間、オキアミを飲む鯨のごとく校内の備品を体内へざぶんと放り込んでいく。巨大な三角定規、教卓、パイプ椅子、これらが飲み込まれているうちはまだ良かった。ところがとうとう今日、児童が襲われた。

小林のクラスの子である。

ホームルームも終わろうとしていた夕方、学級委員の男児が来月末に控えた修学旅行のクラス別行動の日程で訪れる場所を決めるべく、多数決を行っていたその矢先。非常ベルが鳴り響いた。ほぼ同時に廊下からキュ、キュ、とバスケットシューズで床を蹴《け》るかのような音が届く。奴が移動する音だ。ところが、小林のクラスの児童たちは誰も動じない。小林のクラスだけではない。初めてパックマンが出現してからはや三十回目の非常ベルだ。何度出現しても「パックマン」は回避しながら、備品を食うだけだった。先に餌《えさ》を用意しておけば、いつの間にか満足して去っていく。実際、廊下には天板の外れた理科室の椅子や、錆《さ》びついた給食室の金属笊《ざる》など、不用品が転々と置かれていた。教員達の慢心と児童らの慣れは早いもので、あれほど恐れ慄《おのの》いていたはずのパックマンも、気づけば都合の良い「廃品回収車」になっていた。無論、廃品回収車でも人は轢《ひ》き殺せる。そのことを忘れていた。パックマンは、小林の担任するクラスの教室の前までキュキュと不気味な音を立てながら進むと、そこで突然止まり、開いていたドアから教室を窺《うかが》うように、くるりと巨軀《きょく》を回せば真一文字に裂けた口を二度、三度と機械的に開閉。今日は青色なんだな、などと呑気《のんき》に構えていれば、発射されたかのような勢いを以《も》ってパックマンは学級委員の児童へと向かってきた。ドアが破壊される。児童の顔が硬直する。再び、口が開かれる。青過ぎる深淵が覗《のぞ》く。男児の細い腕に奴は嚙《か》みついた。窓を揺らすほどの悲鳴。必死に抵抗する男児。壁に貼られていた書道の半紙が剝《は》がれて、舞った。取り込むこと能《あた》わぬと見てか、パックマンは再び背を向け、去っていった。この一部始終を、小林はただ口を開けて見ていた。自分の児童が、バケモノに食われそうになったというのに、何もできなかった。教員として、失格である。

しかし、どうすれば良いのだ。不幸中の幸い、男児は骨にヒビが入る程度の怪我で済んだ。病院まで付き添い、迎えにきた男児の母に事の顚末《てんまつ》を説明し、平謝りした後、小林は家に帰らずに、再び教室へと戻った。教室中に散らばっていた半紙やら保健だよりは誰かが片付けてくれていた。ただパックマンが闖入《ちんにゅう》した際に破壊され歪《ゆが》んだ教室のドアだけが、余計に生々しかった。小林は児童が襲われた教卓に体を預けて黒板を虚《うつ》ろな双眸《そうぼう》でとろんと眺める。

東京スカイツリー周辺　28　決

西武ドーム　4

目黒寄生虫博物館　4

そうか。結局東京スカイツリーに落ち着いたのか。男児の誰かがふざけて挙げたであろう寄生虫博物館が、最終の三択まで残ってしまうこの感じに妙な懐《なつ》かしさを覚えた。西武ドームはそもそも埼玉県だろう。うちの学校は校長の意向で、とにかく生徒の自主性を重んじていた。だからこそ、担任のクラスとはいえ、教師が余計な口出しをすることは良しとされていない。他のクラスではこうした学級活動の際、担任の教師がいない場合もあるという。小林はその水準からいえば教室にいるだけで「熱血」のレベルである。しかし彼が生徒の決定に口を出すことはない。とはいえ流石《さすが》に野放しにしすぎたか。いや、それ以上に野放しにしてきたのは、あのバケモノだ。果たして奴は児童を襲ったのか、それとも児童が持っていたチョークがほしかったのか、それは判然としない。が、結論は同じ。いつのまにか蔓延《まんえん》していたあのバケモノに対する油断。これを一掃。教員、一丸となって奴を駆除しなくては。児童の命が関わっているのだ。

「ですので、何としてもあのバケモノを捕まえ、駆除することが最優先課題なんです。行政なんかに頼っても待たされるだけです。現場にいる私たち教師が、児童たちの命を守らなくてはならない、僕はそう思うのです。先生方、どうか一緒に闘ってくれませんか」

翌朝の職員会議で、小林は声を荒らげた。正直、分が悪いのはわかっていた。不測の事態であれ何であれ、受け持っているクラスの児童が目の前で襲われたのだ。監督責任を放棄したとして後々、処分が下されることは間違いない。それでも良い、次はもっと酷《ひど》い惨劇が繰り広げられることになるかもしれないのだ。今はとにかく、一致団結してほしい。

小林の熱意が通じたのか、はたまた内々に処理しておきたいという保身が働いたか、校長をはじめ、学校中の教師たちが、小林のパックマン駆除に賛成の挙手をしてくれた。

「餌となる廃品だって、もう残り僅《わず》かです。廃品が尽きてしまえば、奴を満足させるだけの備品を用意しなくてはなりません。遅かれ早かれ、手を打たねばならぬ問題だったのです。児童が怪我を負ったのは何も小林先生だけの責任ではありません。我々の慢心が原因であり、これは人災です」いつの間にか作業着に着替えていた校長は申し訳なさそうに、ごま塩頭を撫《な》でた。体育教師が「捕獲するならバレーボールのネットなんていかがでしょう」と珍奇な提案をすれば「備品は奴の大好物では？」などもっともな反論がなされ「では僕の知り合いに漁師がいます、その方から地引網《じびきあみ》を借りてきますので、明朝にでも至る所に設置いたしま」

小林が最後まで言い切らぬうちに、視界が消え、体がふわりと浮いたかと思うと猛然たる勢いで後方へと放り出された。窓ガラス、陶器、膝《ひざ》の皿、割れるものが皆割れる音がする。コンクリートの壁に体を打ち付けられ、肺臓が歪んで呼吸ができない。薄れる意識の中、小林は恐ろしい光景を見た。巨大な青色の球体と、赤。詰まるところ、血。爆《は》ぜるように、弾《はじ》けるように、教務室の中を凄《すさ》まじい速度でバケモノは跳ね回っていた。積まれた書類、デスクトップパソコン、教員用の机、あらゆるものをなぎ倒しながら、青い球体は暴れ、壁にぶつかり、また跳ね返る。天井の石膏《せっこう》ボードに誰のものかも分からぬ血の跡がつく。

バケモノが宙に浮かぶ。

くるくると回転する。

おかしい。ここで小林は気づいた。

口が、切れ込みが、ない。

「パックマン」ではなく、ただの球体である。口がなければ備品を取り込むこともできないだろう。このまま暴れ続ける気か。そうはさせない。何が何でも食い止めてやる。

「みなさん、絶対にこいつを外に出してはいけません！」小林がありったけの声を振り絞り、他の教師に呼びかける。が、ほとんど返事は返ってこない。いつの間にか逃げた者、机の陰で打ち震えている者、戦力として加担してくれそうな教師はほんの数人であった。

このままでは、いよいよ死者が出る。鳩尾《みぞおち》をフォークで刺されたような恐怖を感じた。

すると青い球体に突然、直線の亀裂《きれつ》が入る。赤道のように、北半球と南半球に分断されたかと思えば、見慣れた「パックマン」の姿へと転じていく。ところが亀裂はとどまることなく、それぞれの方向へと捲《まく》れていく。気づけば球体でもパックマンでもない、青いチーズケーキのような物が宙に浮かんでいた。呆気《あっけ》に取られる小林をよそに、所在なげに青いチーズケーキはしばらく教務室を旋回し、やがて割れた窓から外へつるりと逃げていった。この時小林はようやく「パックマン」のからくりを理解した。

「その話が本当なら、答えは簡単です。全員が投票を放棄、あるいは無効票を投じれば反対も賛成もゼロになり、バケモノは消滅します」

搬送された病院で偶然にも隣り合った体育教師がごつい見た目に似合わぬ妙案を出す。

「円グラフのパーセンテージが奴の正体だというならば、昨日、バケモノが途中で変形したことにも合点がいきます。反対はゼロ。逃げたり、隠れたりして、無効票扱いになった票が大多数。しかし、俺も含めてですが、賛成が僅かながらいてしまった。意思が込められた賛成票だけが反映されて、あのチーズケーキみたいな形になってしまった、ということでしたよね？」

「ええ、二日前、私のクラスの児童が襲われた時だって、思えば修学旅行の行き先を決める多数決を行った直後でしたし」

「なるほど、じゃあ地引網は必要ないですね」

「バレーのネットだって」

そういえば、あの児童もこの病院にまだいるはずだ。小林は体育教師との話を切り上げてベッドから立ち上がる。足を骨折したため、慣れぬ松葉杖《まつばづえ》での歩行が難儀だった。

「どちらへ？」

「いえ、あの子を見舞ってやらないと」

ところが小林が病室から出る間も無く、当の男児が「先生！」と息を切らしながら駆け込んできた。怪我を負った右手はきつくギプスで固定され、既に先端が垢《あか》で黒ずみ始めている。

「どうしたどうした、走ったりしたら怪我に響くだろう」

「それどころじゃないんだよ、先生。僕がパックマンに襲われたせいで、お父さんが先生をクビにするって今、校長先生のところに怒鳴り込みに行っちゃった」

児童の必死の訴えとは裏腹、別段、驚きはなかった。何しろバケモノを前にしていながら「今日は青色なんだな」などと呑気に構えていたのだ。教師失格はもとより、人間として恥ずべきである。それよりも、そんな小林を責めるどころかこうして、必死で庇《かば》おうとしてくれる男児の優しさに絆《ほだ》され、思春期の黒髪をくしゃと撫でる。男児は機嫌を損《そこ》ねた座敷犬《ざしきいぬ》のように、その手を払いのけると続けざまに「でもね、さっき電話で聞いたんだけど、クラスのみんながね、先生をクビになんかさせないって。俺も、私も、って手え挙げて、ドラマみたいだったたって。全員だよ、すごくない？」

思わず、目頭《めがしら》が熱くなる。

生徒の自主性を重んじる、そんな申し訳程度に時代に帳尻《ちょうじり》を合わせようとする教育方針の結果、いつの間にかこの小学校の教員らは「自主性」を拡大解釈しては運動会、文化祭、毎日のホームルームに自ら進んで関わろうとはせず、ほとんど児童に丸投げ。ただ定められた授業のカリキュラムをこなすだけで、児童らと事務的な関わりしか持たなくなっていた。小林だけは違った、少なくとも自分ではそうあろうとしていた。昼休み、一緒にグラウンドでドッジボールをすることもあれば、朝の占いの結果に泣く女子児童を放課後まで慰めたこともある。いつかドラマで観た生徒らに慕《した》われる教師になろうと努めてきた。今ほどの男児の言葉が沁《し》みる。「俺も、私も、って手え挙げて、ドラマみたいだったって。全員だよ、すごくない？」通じたのだろうか。俺の努力は、俺の誠意は、生徒たちに通じてくれていたのだろうか。涙が頬《ほお》を伝う。ところが、背中に冷たいものも同時に伝う。何か致命的な見落としをしていないか。「全員だよ、すごくない？」これだ。全員一致だ。まずい。またしても昨日と同じ惨劇が繰り返されることになる！　なんと皮肉なことか。俺を守ろうとしてくれたばかりに、大事な生徒があのバケモノに押し潰される！　助けなくては！

「携帯電話を貸して！」

男児からやや乱暴に受け取ると、教務室の直通番号を押す。頼む。間に合ってくれ。

「もしもし」意外にも校長の声であった。

「校長先生！　小林です！　色々とご迷惑をおかけしているのはわかっています。どうか、今は話を聞いてください。お願いです。うちのクラスに、昨日と同じバケモノが現れるんです。どうか児童を避難させてください。お願いします！」

受話器の向こう、困惑の表情がありありと伝わる。それもそうだ。校長はまだバケモノの正体に気づいていない。それにたった今、保護者よりクビにしろと詰め寄られた教師本人からの電話だ。

「校長先生！　どうか！」

小林は念を押すように嘆願すると電話を切り、

「ちょっと先生に貸しておいて」

そう児童に言うと松葉杖のまま病院外で待機していたタクシーで小学校へと急いだ。

果たして小林のクラスは無事だった。

「先生、クビにならないの？」いつか占いの結果を慰めた女子児童が目に涙を浮かべていた。彼女だけではない。他の児童らも皆、小林の身を案じている。とにかく、無事でよかった。無事でよかったが、それより、

「みんな、パックマンは？」

小林の問いに児童らは顔を見合わせる。

「別に、普通」「普通って?」「非常ベルが鳴って、廊下をうろうろして、どこかに行った」「いつもより、元気がなかった」「うん、ちょっとしか口を開けてなかった」「口があったの?」「うん、あった」

ということは、満場一致ではなかったのか。

実は誰かが反対していた、つまり俺がクビになっても良いと思った、ということか。一抹《いちまつ》の寂しさが心中を通り過ぎる。いや、だからなんだ。小林は頭を振る。誰かが反対したおかげで、この子らは助かったのだ。感謝しなくては。

「そうだ、校長に知らせないと」

松葉杖で教務室へ向かうより携帯電話の方が早い。男児から借りた小さな携帯を開く。ああ、無効票か。学級委員の男児が病院にいたから、一票分の切れ込みが生じて、いつもの「パックマン」が現れたというのか。ということは本当にこの子らは全員、俺をクビにしたくないと思ってくれたのか。

「先生、なんで泣いてるの」

「先生は占いの結果が、悪かったんだよ」そう言って笑った。

男児から借りた携帯が鳴る。「お父さん」と表示されていた。しばらく手のひらの中で震えた後、留守電に切り替わった。

程なくして救急車のサイレンが聞こえてきた。小林も生徒も自然と窓の外を見やった。一瞬、青いものが駆け抜ける。針のように尖《とが》った先端をわずかに血で汚したそれはすぐに見えなくなった。

校長が小林からの電話を受けた少し後のこと。教務室では男児の父が小林の処分を依然として迫っていた。教員らはいつもの癖で賛成にも反対にも傾かず、投票を放棄。結局、男児の父だけがこの案件において賛成を表明。自分の息子とは真逆の立場となった父親は、突如出現した円グラフの一票分の切片の突先に胸を貫かれたのだ。

児童らに囲まれもみくちゃとなった小林のポケットから携帯が落ちる。誰かが蹴飛ばし柱の陰で止まる。衝撃で留守電のメッセージが再生される。

「もしもし、お父さんだ。よく聞いて。お父さん、お前と同じ病院に運ばれることになった。信じられないと思うけど、撃たれたんだ。この」

メッセージは途中で切れてしまった。

明日、再びパックマンが現れれば、備品として飲み込まれてしまうだろう。

つきのうら

「ねえ、夜のプール行くと月の裏側が見えるんだって」

「ほんと?」

三時間目を控えた廊下、宇多川《うたがわ》さんは首を僕の方にひねって答える。

「うん。さっき図書室の本に書いてあった」

「へえ」

体育の時間、図書室にいたの、なんてデリカシイに欠ける質問はしない。先生に怒られるし、何より宇多川さんが哀《かな》しむからだ。「うたがわさんがかり」の僕が、そんな失敗するわけがない。いや、一度した。でももう二度としません。もっとスマートに行かなくちゃ。だから代わりに、

「今日の夜に、僕が見てくるよ」

実際に見てくるつもりはない。ほんのすこし、格好をつけてみただけ。なにせ、もし夜に学校のプールに忍び込んだ、まして宇多川さんを連れて行ったなんてことが親や先生にバレたら僕は死刑、よくて終身刑、最も怖いのはケバブみたいに体の肉をナイフで削られ

るやつだ。これは前に宇多川さんから教えてもらったものだ。そういえば月の裏側は地球からじゃ絶対に見えないって話も宇多川さんから聞いたんだっけ。だとしたら、あれからずっと調べているってことになる。

ところが僕の思いとはうらはら、宇多川さんとくれば「ほんと？　じゃあ私も行こっかな」なんて目を輝かせている。困った。格好つけた手前、どうにも後には引けない雰囲気だ。

頑張ってなんでもないような顔をしながら「じゃあ八時にプール裏に集合ね」と、無茶な約束をして、僕たちは教室に入った。

帰宅してから僕はずっとリビングと台所をうろうろと往復し続けていた。

宇多川さんをプールまで連れていく。それも夜の八時に。果たして、そんなことできるんだろうか。勢いで約束してみたものの、宇多川さんは車椅子だぞ。

一度だけ、下駄箱のスノコの段差を乗り越える時にうっかり彼女の足に触れてしまったことがある。冬の廊下みたいに冷たかった。

それに、悪いのはどうも足だけじゃないらしい。本当は体中の筋肉がどんどん、犬用のササミみたいに硬くなっていく病気で、それを薬で遅らせているだけなんだと、先生から聞いた。遅らせているってことは、いずれは、つまり。そこから先を考えることは僕のカンカツガイだし「うたがわさんがかり」の流儀に反するものだ。とにかく問題は宇多川さんをどうやって外に連れ出すかってことなのだから。

宇多川さんはスマホを持っているけど、僕はスマホを持っていない。宇多川さんの電話番号は知っているけど、向こうのお父さんかお母さんが出てしまえば、ケバブにされてしまうことだろう。でも約束を破ることはもっと悪いことだ。頭を抱えていると、リビングで電話が鳴った。

「もしもし」

「なんでまだ家なの？　プール裏じゃなかったの！」

宇多川さんだ！　僕はびっくりして仰《の》け反《ぞ》ってしまった。握るとピイと鳴くニワトリのゴム人形みたいに。

「すぐいくから！」

子機を叩《たた》きつけて自転車でプール裏まで行くのに、十分とかからなかった。

ゆらゆら揺れる影。しびれを切らした宇多川さんは前後に車椅子を動かしていた。

「ごめんごめん」

「そこの金網から入れるんでしょ？」

「お父さん、お母さんは心配してないの」

「さあ今頃、大変だと思うな」

宇多川さんは適当に答える。僕は汗だくで前髪から雫《しずく》が垂れそうだというのに、宇多川さんは学校の時と変わらず涼しそうだ。ただ、なんとなく焦《あせ》っているような喋《しゃべ》り方。

宇多川さんが言った通り、プール裏の金網は歴代の「僕たち」によってちょっとずつ破られ、今では少し屈《かが》むだけで簡単に入れるほどの大きさの穴が開いている。

宇多川さんが不安そうに空を見上げる。なんだか夜が腫《は》れている。満月の表面には、お母さんや先生、それに風邪で休んだ時に観た教育テレビの恐竜に教わった通り、ウサギが餅をついていた。雲がじわじわと満月で待ち合わせようとしている。

「ほら！　雲で隠れちゃうから！」

宇多川さんが焦っていたのはこのためらしい。

「屈んでてね」

金網の突先が彼女の襟《えり》やその下の白い首筋を引っ掻《か》かないよう、誰もいないプールを照らし続ける大きな電灯の光を頼りに、スッカスカになったカナブンが転がる古いコンクリのスロープの上、慎重に車椅子を押していく。

夜のプールはなんだか、黒かった。暗いというより、タンカーが転覆した時みたいな黒。電灯の光が黒い油に反射して、ぬらぬらと揺れていた。ドラマで夜の学校に侵入するシーンを観た時はもっと全体の雰囲気が青白くて、神秘的だった気がするけど。

「現実ってこんなもんね」

宇多川さんが僕の気持ちを代弁する。

「あそこ、真ん中あたり」

宇多川さんが指さした先、電灯の光よりもずっと小さい、歪《ゆが》んだ丸い光が揺れている。月も反射するとずいぶんと頼りない。ウサギだって餅をついている場合ではない。視線を感じて後ろを振り向くと、宇多川さんが口の端っこだけを上げるような、ちょっと怖い笑顔で僕を見ていた。こういう笑顔をなんていうか、習ったような気もするけれど、忘れてしまった。ただ宇多川さんが言いたいことは僕にだってわかる。

「今、服脱ぐから、ちょっと向こう行ってて！」

そう言って僕はTシャツを脱ぎ、半ズボンを脱ごうとした瞬間、「向こう行ってて」って言葉がデリカシイに欠けていたのではと思い、宇多川さんを見やる。僕のことを相変わらず不敵（思い出した！）な笑みで見ていた。

宇多川さんて僕の話をあんまり聞いてくれないんだよなあ。ちょっとがっかりしながら、黒い水の中にどぷんと飛び込む。

音が消えた。目を開けているのに僕の体も消えた。あたり前だけど宇多川さんの顔も消えた。昼間のプールとは全く違う。足の間を泡が通りぬけ、鼻から漏れる空気の音だけが、真っ暗闇の水中で響いた。足先に力を込め、そっとプールの底を蹴《け》る。水面《みなも》を仰ぐ。電灯の光の部分だけ、セーブポイントみたいな光が用意されていた。そこから先、さらに思い切って水を蹴る。ぬらぬらと揺れる月の光が、近づいてくる。プールサイドから見ていたのは月の表。つまり僕らが普段から見ているウサギのいる方だ。ということは、水中から見上げれば、そこには地球からは決して見えない、地球の裏側が見えるってことらしい。

僕だって、早く見たい。気持ちに急《せ》かされて、ついに水面に揺れる月の真下までくる。

ゆっくりと見上げる。

そして、がっかりした。

月の裏側が映ってなかったわけではない。

むしろ、きちんと映っていた。でもこんなの期待ハズレもいいところだ。なんだか穴ぼこで、教育実習の先生の頬《ほお》みたいというか、このあいだ抜けた虫歯だらけの奥歯みたいというか、とにかく面白くもなんともないものだった。ため息が泡となって、月の裏をさらにボコボコと揺らす。だんだん、苦しくなってきたけど、まだ上がらない。僕は考える。

「つまんなかったよ」って宇多川さんに報告することは簡単だけど、やっぱりダメだ。車椅子で「うたがわさんがかり」がそばいないと階段を上がることもできない宇多川さん。普段は遠くまで行くことができないし（今日、ここまで自力で来たことじたい奇跡だ！）、体育の時間は図書室にいる。でも、月の裏側だったら宇多川さんだけじゃなくて、世界中の人みんなが知らないところだから、仲間はずれじゃない。だから、月の裏側は宇多川さんにとって、大切な場所なんだ。そろそろ浮上しないとまずいけど、宇多川さんにがっかりしてほしくない。できれば笑ってほしい。プールサイドで待っている、あの不敵な笑みを普通の笑顔にしてみせたい。

「月の裏側にはね、次のウサギが打順を待っていたよ」。ダメだ、ベタだし、餅をつくのに打順っておかしい。じゃあ「アメリカ人がたくさんいたし、みんな国旗をさすから、地面が人生ゲームの車みたいになってたよ」。これも伝わりづらいかな。「重力がないからムーンウォークがものすごく難しそうだったよ」。これは「ウォーク」が入っているあたりが、デリカシイに、ごめん宇多川さん、息が限界！

「ぶはあ」

電灯の光が、濡《ぬ》れた僕の顔を照らす。おかしい。前が見えない。顔を触ると、なんだかブニブニとしたクラゲのようなものが張り付いている。

「なにそれ！」

プールサイドから宇多川さんの大きな笑い声が聞こえる。月の裏側の穴ぼこが吸盤みたいにひっついて、なかなか外れない。

なんとか顔から月を剝《は》がす。プールサイド、宇多川さんはまだ笑っていた。僕も笑う。

空を見上げる。びっくりした。夜空に月はない。大変だ。月を消してしまえば、ケバブの刑は確実だ。

僕は慌てて水面に月を置いた。

裏と表を間違えて、また笑われた。

ムチャプリ

以前から目星をつけていたゲームセンターへと思い切って入ってみた。

学校帰り、久々の寄り道だ。

店内は仄暗《ほのぐら》く、波止場のコンテナみたいにプリントシール機がぎしりと並んでいた。

その中で「ムチャプリ」と大きく書かれたボックスがひときわ煩《うるさ》く光っていた。

これを「デコられた懺悔室《ざんげ》」なんて喩《たと》えたのは、結子《ゆうこ》だ。それに私とノノがなんとなく、笑った。懺悔室なんて、本当は知らないけど。

とにかく、この二人でいると楽だ。

高校一年の時に同じクラスになって以来、三年になった今でも放課後はよくつるむ。部活も違えば、休み時間に必ず同じ机を囲むほどの磁力もない。ただ今の結子みたく、ピンとこなそうな喩えも、この二人の前だと言えたりする。だから、楽。

この春から違う大学に進むことになっているが結局みんな都内だ。いきなり疎遠になるなんてことはないだろう、と思う。ただ少なくとも私たちが「女子高生」でいられる時間はあとわずかだった。なので今日「せっかくだから」、と二人をゲームセンターに誘った。

何が「せっかくだから」なのかわからないけど、恐らく女子高生時代にプリクラの一枚も撮ってないなんて十年後の自分に呪われるだろう。「え、アプリで（加工すれば）良くない？」などと簡単にノノは言うが、私は一枚でいいから青春をそのまま印刷したようなあのちっちゃいシールがほしいのだ。

とはいいながらその貴重な一回目がこの「ムチャプリ」で良かったのだろうか。そもそも、ムチャプリって何。全く勝手がわからない私はこの派手なプリントシール機の前で一瞬、逡巡《しゅんじゅん》する。「アフリカ象の耳みたい」何も気にせず結子が重い暖簾《のれん》をめくる。

「なにこれ、厳重すぎない？」

先を行く結子が素っ頓狂《すとんきょう》な声を上げる。一歩進めば、暖簾の奥にさらにまた白くて重いドアがある。確かに厳重だ。プリクラをほぼ知らない私でも分かる。若干、訝《いぶか》りながらもドアを開ける。中は一畳にも満たない真っ白な小部屋。正面の大きな画面に、口をすぼめて目がイカのように拡大された金髪の女が映っていた。金髪は私たちにコインを入れるよう促《うなが》している。

「ねえ、ムチャプリって何？」試しにノノに聞いてみた。

「え、知らんで入ったん？　いや、ウチも知らんわ」

なんで急に関西弁なのか。笑いながら、硬貨を三枚、金髪女に投じた。

「コースを選んでください」

予想に反して男の声だった。ＦＭのパーソナリティみたいな低い声。多分、髭面《ひげづら》。自分たちがモデルか何かで、男性カメラマンに撮ってもらっている、みたいな設定なんだろうか。タッチパネル式画面に表示された三択からノノが慣れた手つきで適当に「じゃあ、白姫モード」と選んでくれた。

「早速、こっちに目線お願いしまーす、三、二、一」

ずいぶんとフランクなカウントダウン。そしてフラッシュが焚《た》かれる。うっかり目を瞑《つぶ》ってしまった。画面に今撮影されたものが表示される。間抜けな顔が二人に挟まれていた。

「不意打ち！　今の不意打ちだから！」

心からの叫びは二人の笑い声に掻《か》き消される。

「真ん中の子、もっとリラックス、リラックス」

男の声がした。なんでわかったのか。一瞬ひやりとしたが、そういえば最近の顔認証機能はすごいのだ。

「じゃあ次は弾《はじ》けるような笑顔で！　はい、三、二、一」

声に促されるまま、私は口角《こうかく》を上げる。弾けそびれて歪《ゆが》んだ笑顔の私が画面に表示される。三人とも最初の金髪女のようにイカみたいな目に勝手に加工されていて思わず吹き出した。今の笑顔を撮ってくれれば良いのに。と、思えば続けざま「じゃあ今度は悲哀に満ち満ちてみようか」「そのまま小首を傾《かし》げ、ニヒルな笑みを湛《たた》えて」「真ん中の子、そんなに歯茎を出さなくていいからね」「いいね。じゃあ三日月に慰められる金曜日のワタシ、みたいな表情お願いします！」「今にもチーズにオリーブを刺しそうな雰囲気を出していこう」「テクノ系ユニットのアルバムジャケットみたいな感じで！」「真ん中の子、もうちょっとテクノ感強めで」「この声が聞こえているのが自分だけだとわかった瞬間の顔」「絶対に失敗しそうな雨乞いポーズ」「生まれ育った村を目の前で山賊《さんぞく》に焼き払われている時の表情」そうやって次々にムチャプリは妙なポーズや表情を要求してくる。

今更だけど、ムチャプリの意味がわかった。無茶振りと掛けているだけだ。これくらいバカバカしいと気恥ずかしさも消える。いつの間にか平気で指示通りのポーズをしていた。なぜか私にだけ厳しいのは腹立たしいが、注意されるたびに二人が笑うのは楽しい。さすがに「生まれ育った村を目の前で山賊に焼き払われている時の表情」に真剣に臨もうとする自分がおかしくなりこらえきれず三人とも転げ回って笑ってしまった。その瞬間が画面に表示される。全員、「弾けるような笑顔」だった。結子も、ノノも、私も。笑って目が細くなっているから、「デカ目」にもされていない。ああ、この写真なら十年後の自分に呪われずに済むな。

「はい、もう一度。三、二、一」

フラッシュが焚かれる。キョトンとした顔の私たちが大きく画面に映し出される。再び男の声がする。

「そのポースじゃないよ、はいもう一度、三、二、一」

演出にしてはしつこい。機械的に繰り返される声はさすがに不気味だ。正直、もう帰りたかった。そういえばかれこれ二十分近く撮影を続けている。

「ねえ、長くない?」

素朴な疑問をノノにぶつける。

「長いわ。こんなん初めてや」

まだ関西弁。おどける余裕は残っているのか。それとも恐怖心を隠すためかはわからない。一方、結子はというとすでに勝手に後ろを向いて、重いドアを開けようとしているが、振り返った顔はノノよりももっと露骨《ろこつ》に恐怖に滲《にじ》んでいた。

「開かない! なにこれ!」

結子が叫ぶ。その恐怖は一瞬で私たちにも伝播《でんぱ》する。

「うそでしょ？」

ノノもいよいよ取り乱す。引いても押しても、白くて重いドアはビクともしない。

「はいもう一度撮るよ、三、二、一」

「はいもう一度撮るよ、三、二、一」

トーンの変わらぬ男の声が繰り返される。フラッシュが焚かれ続ける。私たちは「ムチャプリ」の指示に答えられていない。水かさが増していくように恐怖が足元から上がってくる。

「ちょっと、誰かいませんか！」

結子が白いドアを拳《こぶし》で叩《たた》く。外からは何の反応もない。そもそもこのゲームセンターに入った時から、私たち以外の人を見ていない。じゃあどうすればいい。ムチャプリだ。指示に従えば、きっと開く。そうは言っても「山賊に村を焼き払われている時の表情」なんてベテランの俳優でもできない。ますます息が苦しくなる。男の指示が変わる。

「じゃあ、後回しでいいよ。もっと簡単なポーズで行こうか。大胆に上だけ軽く脱いじゃって。まず真ん中の子から」

一番、恐れていた指示だ。

そんなこと、できるはずがない。二人だって知っているはずだ。見せたことはないけど、私の手首には傷跡がある。中学生の頃、安心したくてつけた無邪気な傷の跡。五線譜みたいな、ルーズリーフみたいな手首。そんなの晒《さら》せるわけがない。呼吸の乱れがひどくなる。やはり確実に酸素が少なくなってきている。判断力が鈍る。助けてほしい。

「三、二、一」無慈悲にもカウントダウンは続けられる。一向に上着すら脱ごうとしない私に二人も声を荒らげる。いつもの二人ではない。ほとんど半狂乱だ。

「早く！　して！」「撮ろうっていうからきたんじゃん！」「ねえ、ねえってば！」

「出してよ！　ほら！」ノノが、私の上着に手を伸ばす。それを思い切り払いのける。涙が溢《あふ》れてきた。二人をこんなことに巻き込んでしまったこと。ノノと結子がこんなにも私を責め立てること。閉じ込められている恐怖。酸素がなくなる恐怖。怒りも悲しみも恐れも、その全部が臨界点を超えて私は泣き叫ぶ。ただ、三人の記念が欲しかっただけなのに。

「あ、その顔いただき。三、二、一」

フラッシュが焚かれる。しばらくすると当たり前のように重い扉が開く。外の新鮮な空気が入り込む。上から物が落下したような衝撃が床から伝わる。気づけば三人とも白い壁に背中からもたれかかり、やがて膝《ひざ》から崩れ落ちた。画面には顔を真っ赤にして泣き叫ぶ私と、その両脇で私を非難する二人が映っている。

「なんで？」

徐々に呼吸が落ち着いてきたノノが聞く。多分この写真がムチャプリが言う所の「山賊に村を焼き払われている時の表情」なのだろう。ご丁寧なことに両脇には山賊付き。一応、助かった。助かったけど、笑えない。見たくもない三人の表情が画面に並んでいる。

「プリントする写真を選んでね」そう画面に表示されている。撮った写真がずらりと並ぶ。「雨乞いポーズ」「弾けるような笑顔」「三日月に慰められる金曜日のワタシ」、どれもヘンテコな写真ばかり。一枚だけ撮れた三人とも笑顔の写真。これも、今はなんだか白々しく思える。十年後の自分以上に、一時間前の自分を私は呪う。どうしてこんなゲームセンターなんかに入ってしまったんだろう。ノノの言う通りアプリで良かったんじゃないだろうか。こんな怖い、嫌なことがあったら、これから先、私たちはもう一緒にはいられない。私が誘ったばっかりに。泣きはらした目で、力なく画面を睨《にら》む。

「あれ」

気づいた瞬間、動悸《どうき》が早まる。鼓膜《こまく》が内から蹴飛ばされる。写真の中でヘンテコなポーズを取っている私たちのすぐ後ろ。設置されたストロボライトとスピーカーの隙間《すきま》から、見ず知らずの男の顔が覗《のぞ》いていた。

「うそ、誰これ」

バカだった。顔認証機能でもなんでもなかったのだ。こいつが、上からあの機械音声を入力していたに違いない。ゲームセンターに誰もいないのがそもそもおかしい。ということは、店員だ。さっき聞こえた落下音はこいつだ。

無我夢中で最寄《もよ》りの交番へと駆け込む。ノノが目ざとく印刷されたシールを持ってきていた。すぐに警察が動いてくれた。変なポーズをしている私たち、その様子を背後から見つめる男、その目もしっかりデカ目。

さすがに面白くなって、ずっと無言だった私も結子も、やっぱり笑った。「イカみたい」と結子は笑う。突然笑い出した私たちに警察の人が少し眉をひそめる。そういえばデカい目を当たり前のようにイカみたいって思ってたけど、二人にしか通じないみたいだ。

「でも結局、無茶振りに応えてくれたら鍵を開けてくれるって、そのあたりめちゃくちゃ律儀《りちぎ》じゃない?」「なんていうの、変態性の欲求って、その中にゲーム性の保持も含まれているっていうじゃん」「あれ心理学取ってんの?」「いや、適当やわ」

またノノが関西弁で話す。私はミントが浮いている、今にもネオンテトラが泳ぎそうなカクテルグラスを眺める。そういえば、警察に提出したきり、あのプリクラは戻ってきていないけど。

「何それ、ネオンテトラ泳ぎそうじゃない」

「あ、わかるわそれ」

戻ってきていないけど、どうでもいい。

私のセコンド

意識が遠のいていく中、セコンドとの日々がふつと蘇《よみがえ》ってきた。

懐《なつ》かしく、恥ずかしく、甘ったるい、記憶。

最初こそ、私はセコンドによく懐いていた。実の両親よりもべったりだっただろう。何せ私を甘やかすのが大得意で、隙《すき》あらば飴《あめ》とタオルを投げ込んでくれる、そんなセコンドだったのだから。

例えば、塾。

難関私立中を目指す子どもらが集まる進学コースの教室は、小学生とは思えないギラついた目つきの児童らと、同じくらい瞳孔《どうこう》が開いたセコンドたちでいつもすし詰め状態。その熱気で夏場だというのに窓が曇るほど。誰かが先生に名指しされれば、すかさずその子のセコンドが大きな声で「いけえ」だの「そうじゃない、もっと頭を使え」だの、ほとんど先生の解説すら聞こえない。正直、馬鹿らしかった。

でも、私のセコンドは他の子のと違う。

後ろの子の邪魔にならないようにずっと背中を丸めながら、少しでも私が退屈しているように見えると、サクサクと割れるあの苺《いちご》ミルク味の飴を手のひらにポンと落としてくれるのだ。

それでいて私が名指しされ、答えられなければすぐに例のタオルを投げ込んだ。黄ばんで汚いタオルが、私は誇りだった。

クラスの子たちの羨望《せんぼう》と軽蔑《けいべつ》が綯《な》い交《ま》ぜになった視線を集めつつ、セコンドに負ぶさりながら私は嬉々と「退場」していった。

「卑怯者《ひきょうもの》！」「逃げるのか！」

そんな他の子のセコンドたちの乱暴な叫びを背に、私のセコンドは小さく「さよなら」と独り言のように呟《つぶや》く。帰り道、私は苺ミルク飴を口の中で転がし続けた。当然、成績なんて上がるはずもない。

ただ飴をなめるだけの時間だった受験はもちろん失敗。そのまま普通の公立中学に入学した頃には、徐々にセコンドが疎《うと》ましくなっていった。それもそうだろう。中学校に入って、授業中もセコンドが付きっきりの子なんてもうほとんどいなかった。

というかクラスでは私一人きりだ。

「それだけあんたがぼうっとしているってことなんじゃないの？　普通は小学校までよ。共働きだからかえって助かってるわ」

母はにべもなくそう答える。自分で言うのもなんだが、隣の家の智樹《ともき》君なんて小学校五年生ですでにセコンドから卒業している。娘が未《いま》だにセコンド付きでなんとも思わないのだろうか。頬杖《ほおづえ》をついていると手元に苺ミルク飴が置かれた。思い切りバリバリと噛《か》みながら、私は真後ろを睨《にら》みつけた。セコンドは垂れ眉を一層垂れさせて、困ったように笑っている。なんで他のセコンドみたいに、何も言ってくれないの。苛立《いらだ》ちはますます募《つの》る。

何よりも私がイヤだったのが、替えても、替えても黄ばんでいるタオルだ。

「そのタオル汚いから捨ててよ！」

怒鳴ってもタオルが白くなる訳ではないことくらいわかっているんだけど。幾度となく私を救ってくれたそのタオルを、蹴飛《けと》ばした。

決定打となったのは、ある日の放課後。

男子に呼び出された時だ。その子はクラスでも目立つ方で、アシメの前髪が若干ナルシストぽかったんだけど、女子にはそれなりに人気があった。正直なんでそんな男子が私みたいなセコンド付きの女子に好意を抱いてくれたのかわからない。その日、私は生まれて初めて「告白」っていうのをされた。セコンド付きってのが、もしかしたら彼の眠っている父性を萌芽《ほうが》させたのかもしれない。ただあまりに突然で、頭の中が真っ白になった私は、スカートの裾をぎゅうと握りながら、それでも相手の好意に応《こた》えようと前を向いた。

矢先、視界の端から黄ばんだタオルが投げ込まれた。

嘘でしょう。ただ初めての告白に戸惑っているだけの私をピンチだと思ったのだろうか。セコンドは私を無理やり体育館裏から「退場」させた。ちょっと、あの男の子がまだ見ているのに。お願い。恥ずかしいから。離して。離してよ。ねえ！

「もう、いい加減にしてよ！」

私は無理やりセコンドの手を振りほどくと、その黄ばんだタオルをセコンドに投げつけた。

すると例の困ったような笑顔を浮かべ、そのままタオルと一緒にすっと消えていった。

いつもの調子で「さよなら」と呟きながら。

これでセコンドとの日々は終わった。

私はセコンドを「退場」させた割と珍しい武勇伝の持ち主だと思う。もちろんそんな武勇伝なんて実生活では何の役にも立たない。

あれから十五年が経《た》つだろうか。夢だった広告デザインの仕事に運良く就《つ》けたはいいけれど、最近じゃ労基署の監査が厳しくなった大手のしわ寄せが全て私の在籍している孫請《まごう》けの製作プロダクションになだれ込み、気づけば四日も寝ていない。暴力的な寝不足で、どっかの神経がぶちぶち切れているような音が鼓膜《こまく》の内側から止まらなくなっている。近くにあるものと遠くにあるものの区別もつかない。文字も意味が剝《は》がれて模様に見える。もう限界。もうとっくに限界なのに、まだ上司は「そうじゃない、もっと頭を使え」とまくしたててきた。

「卑怯者！」「逃げるのか！」

瞳孔の開いた先輩の制止を振り切り、茫然《ぼうぜん》自失の状態で深夜のタクシーを摑《つか》まえて自宅に戻った私は、靴も脱げず、ベッドにもたどり着けず、心臓の重みに従うようにフローリングに倒れ込む。もう、どうすればいいのか、わからない。逃げたい。でも、逃げ方がわからない。

気づけば、ドアノブにタオルをかけていた。いつの間にか投げ込まれていた、懐かしい黄ばんだタオルを。ありがとう。さよなら。

「さよなら」

蚊の鳴くような

神隠し、なんて人は言いますが、私は違うと思います。若い頃にしか聞こえない音がありますよね。確か、そう「モスキート音」。それです。それとおんなじだと思うのです。

みなさんにもこんな経験はないですか。友達と鬼ごっこなどして遊んでいれば、いつのまにか見知らぬ路地やら、見たことない広場、空き家に迷い込んでしまった、そんな経験。確かにそこにあったはずなのに、あくる日になって再びそこに向かおうとしても、たどり着けない。親に聞いても「わからない」という。まるで最初からなかったかのような不思議な場所。ようやく合点がいきました。あれは、モスキート音と同じなのだと。つまり私とケンちゃんの身に起きたこともモスキート音のような世界、つまりは「モスキート界」に迷い込んでしまっただけなんだと。

あれは小学校三年生の夏休みの朝のこと。

私と同じ町内に住んでいたケンちゃんと一緒にラジオ体操に行った帰り道。同い年のケンちゃんは、いつもの道とは違う方向を指差してこういうのです。

「向こうに変なゴミステーションがあるから、一緒に見に行こう」と。

失礼。ゴミステーションとはどうも方言らしいですね。ようは私たちがお世話になっているゴミ集積所のことです。この際、ゴミが持ち去られないよう檻《おり》のような作りになっているタイプを想像していただければと思います。普段からケンちゃんは私の幼い冒険心をくすぐってくれる友達でした。その時もウキウキした気分で、手入れが行き届いていない耕作地が途切れ途切れ続く道を進んでいきました。ようやく蟬《せみ》が鳴き始めるくらいの早い早い時間帯です。

そこは確かに奇妙なゴミステーションでした。ただ放置された小部屋といった方がより伝わりやすいでしょうが、何しろあの頃は、外にある四方が囲まれたボックスは全てゴミステーションだと思っていたので。ただ、それは民家にめり込んでいたのです。

これ以外の説明の仕方がわかりませんが、時間もないので、ありのままをお話しするしかありません。家屋の部分からその民家の駐車場部分にわたって、ゴミステーションらしき小部屋はめり込んでいました。明らかに同じ空間に存在していながら、互いに退け合うことなく、その二つは同居していたのです。

「早く、早く」とすでに民家の塀によじ登ったケンちゃんは、私を急《せ》かします。

「ぼく、何しているの？」

突然呼び止められ、ぎくりとしました。ぶら下げたラジオ体操カードの紐《ひも》がブロック塀の凹凸に引っかかり、手間取っているところを、その民家のおばさんに見つかったのです。怒られると思った私は、足をかけたまま「いえ、あのゴミステーションの中に入ってみたくて」と慌《あわ》てて説明しました。ところがおばさんの顔はますます曇るばかりです。その時、とつぜん確信しました。このめり込んだゴミステーションは私たちにしか、子どもにしか見えていないのだと。

へどもどしている私の手をケンちゃんは無理に引っ張り上げ、その家に斜めにめり込んだ不思議なゴミステーションの扉をためらうことなく開けて中へと入っていったのです。

驚きです。

中は外観よりもはるかに広い、光沢の強い板張りの空間が遠くまで広がっていました。

さらに、先客がいたのです。それも数え切れないほど。当時の私たちと同じくらいの子どもたち、あるいは高校生くらいの男の子たち、そして父さんたちとさして年齢が変わらなそうなおじさんたちが、それぞれ等間隔で車座になり、缶カラを積み上げて遊んでいたのです。

「あれ！　テッペイ君？」

状況をよく飲み込めていない私をよそに、ケンちゃんは、興奮気味に大人とも少年ともつかない男の子たちの一人を指差しました。

「うそ！　ケンちゃん？　それに、トモ君？」振り返ったその人は目を丸くしました。

驚いたことに、病気で入院していると聞いていたご近所に住むテッペイ君だったのです。彼は元気そうに、缶カラを積み上げていました。テッペイ君は、あの頃、すでに高校生くらいだったと思います。

「もう病気は良いの？」

私はテッペイ君に尋ねました。でも、テッペイ君とくれば私の質問には答えずに、缶カラを私とケンちゃんに渡すと、「ほら、早く積み上げな」とだけ言い残して元のグループの輪に戻ってしまったのです。


そこから先の記憶は斑《まだら》模様になります。

何せ、ものすごいスピードで時が流れていったとしか思えないからです。テッペイ君から缶カラをもらった私とケンちゃんは、それからひたすら無言で缶を高く積み上げる作業に没頭しました。「賽《さい》の河原」の話をみなさんは思い浮かべたかもしれませんが、別に誰かに急かされていたわけではありません。それこそラジオ体操のように、当然の義務としてすっと受け入れていたのです。

缶カラは板張りの部屋中に転がっていました。高く積み上げるには凹《へこ》んでいないものを集めなくてはなりません。綺麗《きれい》な缶カラはおじさんたちグループのところまで貰《もら》いに行く必要がありましたが、彼らは快く分けてくれました。そして何日、何週間、何カ月が経過したのか。いつの間にか、私とケンちゃんの周りにはやっぱり迷い込んできたのでしょう、同い年の男の子たちが何人も加わっていました。それに比例するように缶カラのタワーも高くなっていきました。

気づけば高校生のテッペイ君がいません。

缶カラを積み上げることに夢中になっているあまり、周りを全く見ていなかったのです。

「ねえ、テッペイ君は？」

作業の手を止め、隣にいるケンちゃんに尋ねます。そして、驚きました。まるで自分の声ではありません。父さんとそっくりのおじさん声だったのです。

「ケンちゃん、大変だ、声が変になっちゃった、ねえ、ケンちゃん」

そうやって助けを求める声も、やはり私の声ではありません。私は必死にケンちゃんの肩を揺さぶって無理やり振り向かせました。

「どうしたの？」

ケンちゃんではありませんでした。

振り向いたのは、白髪の混じった、見ず知らずのおじさんだったのです。

目が覚めたら、この公園の茂みの中で倒れていました。近くに落ちていたスポーツ新聞の日付を見れば、私がケンちゃんとあのゴミステーションの中へと行った日から三十年近くが経過していたのです。何がなんだかわからないまま私は取り乱し、覚えていた自分の住所を道ゆく人に尋ねましたが、訝《いぶか》しげに私を見つめるだけで、誰も答えてくれません。ふと電柱に書いてある番地に気づきました。私のお家《うち》の番地のすぐ近くでした。そうなのです。私のお家はいつのまにかこの大きな公園の一部に接収されていたのです。泣きました。泣きながら、警察に行きました。やっぱり全く相手にしてくれませんでした。家族の行方《ゆくえ》も知りません。ただ、私は中身が小学三年生のまま、この公園に放り出されてしまったのです。私にできることといえば、缶カラを集めて、高く積むことくらいです。不幸中の幸い、同じくこの公園に迷い込んでいた、お爺さんになってしまったテッペイ君から缶カラでお金を稼ぐ方法を教えてもらいました。ただテッペイ君はケンちゃんのことを覚えていませんでした。それどころか、自分がテッペイ君だということも忘れてしまっていたのです。他のみんなは「お前はどうかしている」と言いますが、ここの公園に住んでいる人たちはこうして「モスキート界」に迷い込んでしまって、その世界にいられなくなる年齢に到達した瞬間に、放り出されてしまった人たちばかりなのです。そろそろ缶カラを集めに行く時間ですね。最後に今一度、みなさんにお伝えしたい。ゴミステーションが民家にめり込んでいたら、絶対に近づいてはいけません。それはハズレの「モスキート界」です。帰れなくなります。私の声が聞こえていますか。モスキート音で話しているつもりはありません。しっかり聞こえているはずだと思うのです。みなさん、どうして無視するのですか。どうして私の話を聞いてくれないのですか。私の姿は見えていますか、みなさん。

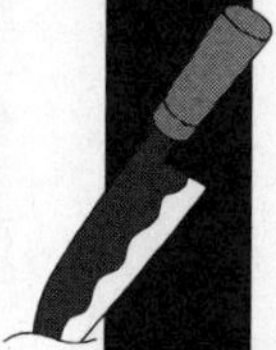

ペレットを吐く

「冬にかけて、どんどん増えてくる笑」

この文に添えられて、たった今吐いたばかりらしいペレットの写真がアップされた。生々しく、グロテスクな内容物に私の視線は釘付けとなる。最近じゃ暇さえあればこの「hjk」さんのペレットブログを閲覧《えつらん》している。

ペレット、といっても燃料となる木質ペレットの方ではない。私たちがたまに吐く方のペレットだ。胃中で塑像《そぞう》される鬱憤《うっぷん》の成れの果て。消化不良を起こして食道を逆流し、喉《のど》をこじ開けてくる、あの塊。猛禽類《もうきんるい》みたく単純に消化できなかった骨や毛を吐くだけならどんなに楽なことか。大脳ばかり発達させても、ろくなことがない。

ペレットの内容物は人それぞれ。憎いと感じている人間が特徴的なフレームのメガネをかけていれば、その骨組みがペレットとして吐き出される。もちろん本物ではなく胃液に揺蕩《たゆた》うタンパク質とミネラル分が凝固し、3Dプリンタよろしく造型されたものだ。

これを私たちがこぞってブログにアップするようになってから久しい。自分がどれほど辛《つら》いのか、どんなストレスを抱えているのか、知ってほしいのだ。繋《つな》がりたいのだ。

例えばこのママタレのブログ。

子ども用の小さいサンダルのような形をしたペレットの写真の下に涙の絵文字が煌《きら》めき、「今日もサンダル……何故《なぜ》ー？」と続いている。

正直、私は何が大変なのかがわからない。

わかるのは、この人が子ども用サンダルについて悩んでいるらしいこと。そして「なぜ」を漢字で書くタイプだということだけだ。

このブログ記事に続々と寄せられているコメントを読んでも、いまいちピンとこない。「わあ！　ウチの子も一緒です」云々《うんぬん》。

ママが吐くペレットは、ママ同士でないとその辛さがわからないのだろうか。

だから、もっぱら私が読むのは一般女性のペレットブログだ。それも子どものいない人に限る。抱えているストレスの性質が似ているせいか、吐き出されたペレットを見ればそのストレスの原因も容易に推測できた。

例えばさっきアップされたｈｊｋさんのペレット画像。黄色くベタついた吐瀉物《としゃぶつ》の中、ひときわ大きく折れ曲がった皮膜のようなペレットがどんと構えていた。すぐにわかる。

男性ものの靴下だ。スウェーデンブランドの、ちょっと高いやつ。うちの夫も同じものを使っているので尚更《なおさら》感情移入してしまう。またhjkさんの旦那が片方だけなくした状態で洗濯機に放り込んだのだろう。

「冬にかけて、どんどん増えてくる笑」

「笑」で必死に自分を戯画化《ぎが か》しようとしている彼女の気持ちを考えると無性に腹が立ち、すかさずコメント欄に書き込んだ。

「hjkさん！　アテ姉です。これは……イラッですね。しかも仕事行くときに左右の色が違うとかなんとか騒ぎたてるのがお決まりのパターンとみました笑」

エンター。

ちゃっかり私も「笑」で戯画化してしまった。今じゃこのhjkさんのペレットブログを貪《むさぼ》るように読んでいる。

私たち夫婦は結婚三年半で子どもはいない。夫は社名だけじゃ伝わらない食品会社の営業を担当している。次男だからか、向こうの両親から孫を急《せ》かされるみたいなこともない。それでいて私が外で稼ぐことを夫は異様に嫌う。

曰《いわ》く「九州男児はそういうもの」らしい。

とはいえ、私も別にキャリア志向の人間ではない。むしろ逆といってもいいだろう。なので、毎晩赤ら顔でご帰宅なされる九州男児さまには一応感謝はしている、つもりだ。だからこそ、毎日の献立《こんだて》にだって気を遣うし、面倒でも掃除だっておろそかにしたことはない。ほら、フローリングは今日も綺麗《きれい》だ。

しかし当然ながら、私だってストレスが溜《た》まる。人間なのだ。当たり前じゃないか。ところがだ。勤めているわけでなく、育児もしていない私の、こうした日々の暮らしで着実に積もっていくストレスを、どうも夫は軽んじている節がある。赤児の夜泣きに苛《さいな》まれることもなければ、上司からの執拗《しつよう》なパワハラもない。きちんと型にはまった理由、カルテがなければ、ストレスの捌《は》け口《ぐち》すら必要ない、というかそもそもストレスなんてない、と思っているのだろう。

バカじゃないのか。

そんなの、普通に考えて、耐えられない。

急に喉元までペレットの硬い感触が迫る。痛みをこらえ、ぐっと嚥下《えんげ》する。ゴツゴツとした塊が食道をゆっくり下っていく。

もうすぐ、夫が帰ってくる時間だ。

私はブラウザを閉じると、冷蔵庫から豆苗《とうみょう》と豚バラを取り出す。

献立は頑張るが正直、料理は苦手だ。

「馬のアレかと思った笑」

夫が外泊した翌日も、私はこのブログにかぶり付いた。一瞬、下世話な話かと思ったが違った。黄色い胃液と緑や茶の繊維質で構成されていたhjkさんの吐瀉物の中、そのペレットは確かに馬蹄《ばてい》のようだった。思わず笑うが、うちの夫もそうだ。何度伝えても、便座に腰掛けて小用を足してくれない。立ったままだと、どれほど飛び散るのか聞こうともしない。なぜなら夫からすれば圏外《けんがい》の話だからだ。自分は外で稼いでいる分、そのくらい良いだろう、と。こうした自分で気づかずに表出させている高慢さがどれほど妻の胃中にペレットを生じさせるのか、きっと夫は一生わからないままだろう。

急にあの九州男児にも腹が立ってきた。

「hjkさん！　都内にお住まいなら、今度ご飯でもいきませんか？　住所教えてくださーい！」

勢いで、ダイレクトメッセージを送ってしまった。構わない。いずれは会うつもりだったのだから。意外にも返事はすぐにきた。

「わわわ、アテ姉さん！　いつもコメントありがとうございます！　いいですね！　一度お会いしましょー」

私はメッセージに記載された住所をメモ欄にコピーして保存するとブラウザを閉じた。夫が帰ってくる時間だ。立ち上がろうとすると、またしてもペレットがこみ上げてくる。今度ばかりは耐えられず、思い切りフローリングに吐瀉してしまった。磨いたばかりの綺麗な床に胃液とさっき飲んだ紅茶、それに、赤いものが広がったかと思えば、ゴトンと音を立て、今まで見たことのないペレットが落ちた。

包丁、いや、ペレットだ。

我が家で使っているものと同じ。

もちろん、私の中のミネラルが塑像したものだが、その切っ先は私の口蓋《こうがい》を容赦《ようしゃ》なく裂いたらしく、口から血が滴《したた》る。

私はここでようやく、ペレットになるほど毎日の料理が負担になっていることに気づく。同時に自己嫌悪に襲われる。先ほどのダイレクトメッセージを早くも後悔し始める。ペレットが包丁形になるということは、なるほど料理がストレスだったからだろう。実際、料理は苦手だ。でも、私の呵責《かしゃく》は別のところにある。確かに夫はデリカシーに欠けるかもしれないが、少なくともはなから経済活動を放棄しようとしていた私と一緒に暮らしてくれている。だからこそ家事は頑張り続けた。それでも一向に料理が上手《うま》くならない自分にも、嫌気がさしていたのだ。

そうした鬱積《うっせき》が、この鋭利なペレットを生み出したのだろう。気づけば妙に冷静に自己分析していた。

そういう点ではペレットはセルフケアに有効。汚れたフローリングを片して、改めてキッチンに向かった。

今夜は夫が帰ってくる。


「ついに出たー！ 割り切っていたつもりなのに笑」

そうしてアップされたのは、見慣れたｈｊｋさんの胃液と、これまた見慣れた指輪の形をしたペレットだった。こみ上げてくるものを再び嚥《の》み下し、コメント欄に書き込む。

「前に教えていただいた住所に今から向かいますね」


エンターキーを押すと、玄関を出た。

同じブランドの靴下の時点で疑念が生じていたが、夫の外泊のタイミングと今ほどアップされたばかりの私たち夫婦と同じデザインの指輪形ペレットで、確信した。いよいよ不倫相手が結婚していることに対するストレスがペレットとして蟠《わだかま》ったのだろう。

間違いない。うちの九州男児をたぶらかしているのは、こいつだ。私のペレットで、あんたの腹を裂いてやる。
この間吐き出したばかりの包丁、いやペレットがバッグの中、カチャカチャと鳴る。

もっと糠々《こうこう》と泳げ！

「もっと糠々《こうこう》と泳げ！」

これがコーチの口癖だった。一体どうすれば糠々と泳げるのか。何度も辞書を引いたけど、そんな言葉は載っていなかった。それでもコーチは酒臭い息とともにこの奇妙な檄《げき》を飛ばした。結局それに私は応《こた》えられないまま、代表選抜の日を迎えてしまった。

糠泳《こうえい》。それが私の種目。

正確には「糠泳女子五〇メートル」。

ルールはいたって簡単だ。

レーンで区切られた五〇メートルプールいっぱいの糠《ぬか》の中を他の選手より速く泳いだら勝ち。ただそれだけ。ターンもなければ、泳法の規定もない。でも、これがなかなか難しい。

何しろ水ではなく、糠の中を進むのだ。素早く泳ぎ切らなければ、体に「漬かり」が生じてしまう。もっと簡単に言えば、糠漬けになり始めてしまう。そうなると、体が重くなるし、選手生命にも影響が出る。

じゃあスピード重視でとにかく速く泳ぎ切れば良いかと言えばそうではない。特に代表選抜なんかに使われる「公式糠」に含まれる乳酸菌は曲者《くせもの》だ。糠のプールで泳ぐということは、それだけ糠を大きな力でこねるということになる。それは乳酸菌を活発化させることを意味し、やはり「漬かり」を早めてしまう。このジレンマと糠泳選手は戦い続けている。だからこそ「糠々と泳げ！」なんだとか。

コーチ。いつも酒臭い、コーチ。

それでも、あなたに指導してもらって良かったです。この四年間、本当に色々なことを教えてもらいました。「いいか、糠を知ると書いて糠知《コーチ》だ、な？」。これはちょっとわからなかったけど。でも今日こそ恩返ししなくちゃって、本気で思っています。

ゴーグルをつけ、スタートの合図を待つ。

大きく息を吸う。塩素の匂いはしない。ただ濃厚な糠の匂いが鼻腔《びこう》を舐《な》める。暗くなった視界の向こうには「克己《こっき》！」「疲れても漬かるな！」「絶対貫通！　ぬかに釘！」など勢いだけは伝わる色とりどりの横断幕が並ぶ。一体、どれが自分へ向けられたものかすらわからない。ただ一番ふざけている「疲れても漬かるな！」の文字だけがやけに色濃く映る。

スターターの合図とともに、勢いよく糠のプールに飛び込んだ。一寸先すら見えない公式糠の中、はなから意味をなさないゴーグルがめくれる。邪魔。糠泳はいかに糠の中の乳酸菌を活発化させず、静かに素早く泳ぎきるかが肝心だ。他の選手に比べて体重が軽い私はその点では有利。抵抗の少ないクロールで、俊敏《しゅんびん》に身体中《からだじゅう》に重くへばりつく糠をかき分けていく。

なんだろう。今日の糠はどこか優しい。私の背中を押してくれている、そんな感じ。練習では感じたことがないほど、身体がスムーズに糠の中を進んでいく。あれ？　これが糠々と泳ぐということなんだろうか。そんなことをうっかり考えてしまったら、隣のレーンの選手が後方から凄《すご》い勢いで追い上げてきたことに気づいた。

うそでしょ。バタフライだなんて。泳法の規定はない糠泳。

それでもバタフライは暗黙の了解として、ご法度《はっと》とされていた。というか無謀だ。確かに推進力は凄いかもしれない。でも、体力の消耗が尋常じゃない。

それに、確実に漬かる。

あれだけ胸筋と上腕二頭筋を駆動させて、糠を攪拌《かくはん》してしまえば、泳ぎ切る前に糠漬けになって引退だろう。過去、これで引退を余儀なくされた選手を知っている。

コーチだ。

ふと何回も見返した当時の映像を思い出す。あの時のコーチの顔は決してやけっぱちになったようではなかった、はず。むしろ、楽しくてしょうがない、そんな表情だった。今、その時のコーチと隣のレーンの選手が重なる。

負けられない。私はペースを速める。

もし追い越されてしまえば、そのバタフライで攪拌されて活発化した糠が後続の私をより強く漬かりにかかってくる。これもまたバタフライがご法度とされている理由の一つだ。

しかし隣の選手は私のすぐ後ろまで猛然と迫り来ている。

漬かり、引退、もろともせず。そして並んだ。

糠が私のレーンにまで飛び散り、息継ぎをする私の顔にぶつかった。このままでは、負ける。この四年間、私はコーチから何を学んできた？　骨盤ストレッチ？

「糠抵抗」の少ないフォーム？　公式糠の対策法？

違う。糠泳の楽しさだ。

私は日本を代表する糠泳選手なんだ。スタート前にちらっと見た横断幕を思い出す。

「疲れても漬かるな！」。今なら断言できる。疲れても良い。漬かっても良い。糠を泳ぐんじゃない。糠と泳ぐんだ！

私は、フォームを変えた。

慣れないバタフライに。

私はコーチを信頼する。

そして糠を信頼する。乳酸菌を信頼する。

息が苦しい。でも、楽しくてしょうがない。細胞の一つ一つが糠と一体化していく。勢いづいた私はデタラメなフォームで、ついに五〇メートルの糠を泳ぎ切った。


結果は二位。銀メダルだ。

隣のレーンだった選手は、三位。

優勝したのは普通に最後までクロールで泳ぎ切った新人選手だった。

いくらコース終盤で切り替えたからといって、やっぱり慣れないバタフライによる漬かりはなかなかで、赤ら顔のコーチに支えられながら、やっとこさ表彰台に立った。

運営スタッフの方が、糠プールからよく漬かった銀メダルを取り出して渡してくれる。

「メダル、かじった画《え》、もらえますか?」

カメラマンの指示に従って、銀メダルをかじる。糠々と漬かっていたと思う。

そんな言葉、やっぱりないのだけれど。

「わたし、コーチの言いたいことがなんとなくわかった気がするんです」

帰りの車の中、隣で酒臭い寝息を立てるコーチにぽつり話しかける。引退後に始めた「マスターズ酒粕泳《しゅはくえい》」で、すっかり酒臭く、奈良漬《ならづ》けみたいになってしまったコーチの寝顔を眺めながら「疲れても漬かるなよ」と、小さく呟《つぶや》いた。

あとは鼻を待つだけ。

竹下通りには今日も「鼻待《はなま》ち」の女が行列をなして道端に並んでいる。

というか、私もその中の一人だ。

絶対に鼻だけは妥協したくない。

だから鼻を待つ。私にぴったりの完璧な鼻が寄ってくる、その瞬間を絶対に逃さない。

普通、鼻なんて何も気にしなければ小学三年生くらいには自然と向こうからくっついてくる。つるりとした顔で生まれる私たちは、自分の居場所目指してふわふわと漂っている鼻といつの間にかくっつき、それでようやく顔が完成する。なんで鼻だけ外部からやってくるのかわからないけれど、それを言い始めたらお臍《へそ》をわざわざ切らないといけなかったり、喉《のど》の奥に「のどちんこ」なんてアホみたいな名前の塊がぶら下がっていたり、何も役に立たない上に勝手に炎症を起こす芋虫みたいなのが腸にくっついていたり、歯が一回しか生え変わらないことだって意味がわからない。

私は「鼻待ち」の列に並びながらいつもトートバッグに忍ばせている卒業式の集合写真をちらっと眺める。当たり前だけど私以外とっくに全員、鼻がついている。ほくそ笑む。あの田舎でうろついている鼻なんてたかが知れてるのに。みんな団子っ鼻やら潰れた鼻を平気で顔の真ん中に鎮座《ちんざ》させていた。

こんな鼻でどうして妥協できるのか。

私は頑《かたく》なに寄ってくる不細工な鼻を蚊のように振り払い続けた。

私がこれほど「鼻」に執着しているのにはもちろん理由がある。シカちゃんの鼻に、魅せられたのだ。

十二歳の頃、たまたまコスメのCMで初めて見た彼女の鼻があまりにも完璧すぎた。持っていた麦茶のグラスを床に落として、母に叱られたけど、まるで耳に入らなかった。とにかく「この鼻、すごい、すごい、ありえない」。眉間《みけん》から優しい弧を描きながらも挑発的に突然、跳ね上がる鼻梁《びりよう》の美しさ。その勢いをふわり受け止めながらも、どしりと構える鼻翼《びよく》の愛らしい丸み。ただただ美しかった。

なぜか鼻のことになると私の頭の中は饒舌《じようぜつ》だ。

「鼻いらんの？　便利やで。匂いとか感じひんやろ？」

クラスにいた団子ちゃんの言葉がリフレインする。いちいち名前なんて覚えていない。覚えているのはその子の鼻の形状だけ。申し訳ないけど記憶の中の同級生はみんなひしゃげた鼻や団子っ鼻だ。とにかくそんな団子ちゃんに私は今でも強く言いたい。

「その鼻で生きるくらいなら、匂いなんていらない」

だいたい嗅覚自体、鼻がなくともわずかばかりある。現にこうして並んでいるだけでも強烈な香水の匂いが皮膚を通じて、頭に刺さってくるのだから。

私は改めて行列に並ぶ「鼻待ち」の女たちの顔をのぞいた。

みんな私と同い年くらいかそれ以上。派手なファッションに派手なメイク。

そりゃそうだ。美意識が高くなければこの年になるまで鼻なしで暮らすことはない。

東京、とりわけ原宿は「鼻待ち」の聖地。

シカちゃんだって雑誌のインタビューで、あの鼻に出会ったのは竹下通りを歩いている時だと語っていたし、実際すでに何度か人並みのわずか上に、ふわりふわりと魅力的な稜線《りょうせん》を描く鼻が私たちのところまで物欲しそうに寄ってきたりする。はっきりいって、うざったい。みんな自分の中に理想の鼻があり、それが現れるまで、じっとここで待つのだ。

しかし、中にはしつこい鼻もいる。

何度追い払っても引き下がらず、無理やり顔の真ん中にくっつこうとしてくる。ちょうど今さっきのこと。ファンシー系の服ばかり売っている古着屋の前にいた鼻なしの、いかにも押しに弱そうな女の子が、何度もぶつかってくる鼻にたかられていた。

その鼻も形は悪くはない。ただ少しだけ彼女の整った小顔の伴侶《はんりょ》になるには大きすぎる気がした。彼女は鼻を追い払う。その隙《すき》に、どうして原宿にいるのかわからないほど醜悪な豚鼻が、彼女の顔めがけて猛スピードで飛来してきた。

「ああ、もう！」

結局、彼女は豚鼻を追い払っているうちに、最初の鼻にひっつかれてしまった。やはり、彼女の顔のバランスが一気に崩れた。気の毒だけど、ライバルが減ったのはいいことだ。

夕方、人通りがまばらになっても「鼻待ち」の列だけは決して途切れない。終電までいる覚悟で来ている子たちばかりだ。私もそう。シカちゃんみたいな、完璧な鼻との運命の出会いを心待ちにしている。

竹下通りに潜《ひそ》むのは、何も私たちだけじゃない。何らかのスカウトを行っている男たちも、目を光らせている。

鼻がくっついたさっきの女の子にも早速、いやに若作りの男が名刺を差し出していた。絶対にあやしい。あんな奴らについて行ったら最後、あっという間に裸にされてしまう。言うがままに捺印《なついん》して、映画とは名ばかりのアダルト作品に数本出て、違法アップロードサイトに流れて、名前を検索したらすぐに本名までバレる、そんな一生を送ることになるのだ。

一日中、立ちっぱなしで足に乳酸が溜《た》まったせいか、何だか考えがネガティブになっている。少しカフェにでも入って休もうかな、でもその間に理想の鼻が通り過ぎたら？　結局、私はその場で少ししゃがみ込んだ。

「うそ」思わず、口をついて出た。

目線の先、街路樹の根元。

私が求めていた「完璧な鼻」が怯《おび》えるように、少しだけ顔を覗《のぞ》かせてこちらを見ている。何だろう、幸せの青い鳥の話を思い出す。いや、だったらこの子は私の実家にいないといけないんだけど、とにかく幸せってこんな近くにあるんだ。

「大丈夫、こわくないよ、おいで」

私が手を差し出すと、その完璧な鼻は傷ついたスズメのように、ゆっくり私に近づき、そして王子様のキスみたいに私の顔の中央に、すうっとくっついた。完璧な鼻は気持ちよさそうにくつろぐと、やがて私に嗅覚を提供する。

あとは鼻を待つだけ。

変だ。

完璧な鼻にくっついてもらうには完璧な土台でないといけない。

だからこそ私は整形を繰り返した。年齢をごまかし、少しやつれていた頬《ほお》に脂肪酸だって注入したし、薄すぎる唇のヒアルロン酸、ボトックス注射だって欠かしたことがない。

つまり、シカちゃんそっくりの顔に、満を持してその顔に相応《ふさわ》しい鼻がやってきたのだ。

それなのに、何だろうこの臭《にお》い。嗅いだことない、化学薬品のような。

私は、今迎え入れたばかりの鼻に触れる。明らかに人間の骨じゃないコツコツとしたものが入っているし、何より重い。だから飛ばずに、あんなところにいたんだ。なんだよ。竹下通りで出会ったって言ってたのに。

「シカちゃんのうそつき!」

街頭のシャンプーの広告に向かって叫ぶ。

去年からまるで別人のように鼻が高くなったシカちゃんのキメ顔を睨《にら》み、それでも私は笑ってやった。これ、シカちゃんのお古だったらいいなって。私は胸を張り、堂々と竹下通りを闊歩《かっぽ》する。くっついたばかりの鼻の奥がなんだかツンとした。

義師

雄太郎《ゆうたろう》は義母を持つ。

ここでいう義母とは義手、義足と同じような意味合いである。

足を欠損したからその代替としての義足。

片目を失ったために、眼窩《がんか》に嵌《は》め込む義眼。

米国のヌガーを嚙《か》んだ瞬間に全ての歯が溶解したため歯茎に埋め込む義歯。

右のごとく欠損した部分を補う際に我々が利用する類《たぐい》としての義母である。

雄太郎は先天的に母が欠損した状態でこの世に生を享《う》けた。幼い頃などは母の欠損などとりわけ不思議にも思わなかった。何しろ最初から存在していないのだ。違和感を抱きようがない。ところが小学校に入学してからというもの、同学の少年たちとの出会いによって、徐々に自らの特異性に彼は気づき始めた。

少年たちはやれ母なるものが、玩具を買い与えてくれぬだとか、やれ母なるものが、学習塾に行けと姦《かしま》しく急《せ》き立てるだとか言って、口を尖《とが》らせていた。そんな彼らと過ごしている中でようやく、自らの境遇を理解する。

　とはいえ雄太郎は聡明な少年である。

算数、理科、漢字の書き取り。そんなもの雄太郎にとっては洟《はな》をかむくらい造作もないこと。小学校に入学して以来、こうした科目においては満点以外獲得したことがない。

　他方で、教師からすれば少々扱いにくい印象を与えていたようである。

何しろ表情から感情が読み取れない。

かといって能面のように無表情というわけでもない。彼は、笑っていたのだ。登校してから授業、休み時間、ホームルームまで片時も笑顔を絶やさない少年であった。だからこそ教師も当初、なんと可愛らしい子どもであろう、そう感じた。しかし彼は少々、微笑《ほほえ》み過ぎていた。

　テスト中であろうと、乱暴なクラスメイトに殴られ鼻血を流している時であろうと、クラスで飼っていたウサギが死んでしまった時であろうとも、彼はその教科書の挿絵《さしえ》のごとき笑顔を絶やすことはなかった。

「何がそんなに楽しいの？　ユキちゃん死んじゃったんだよ？」

堪《たま》らず担任の教師はそう責め立てそうになるも寸前で口を噤《つぐ》んだ。

彼は生まれながらにして、母を欠損している児童である。むしろ無理に笑顔を取り繕《つくろ》うことで、その悲しみを表出させぬよう努めているのかもしれない。そう思うと、この挿絵笑いが不憫《ふびん》で仕方がなくなってくる。

「なので、こんなことを言うのも教師として差し出がましいのかもしれませんが、やはり雄太郎くんには母という存在が必要なのではないでしょうか」

ウサギのユキちゃんが死んだ翌日の放課後。

児童の帰った教室にて、教師は痩身《そうしん》で丸眼鏡を適当に鼻梁《びりょう》に載せているだけの男にとつとつ語った。

「実は前々より考えてはいたのですが、幾分仕事が忙しく。ついついそちらを。差し出がましいだなんてとんでもない。お心遣い、感謝いたします」

教師からの提言を、雄太郎の父は素直に聞き入れた。

雄太郎の父。彼はいわゆる技師、あるいはエンジニアと呼ばれる職に就《つ》いている。個人事業であり、製作するのは主に、義手に義足。それも身体障害のあるアスリートを対象にしたものだ。無駄を徹底的に省くことによって、海外メーカーでは成しえなかった軽量化に成功。その洗練されたデザインと機能性を兼ね備えた義手義足は国内評価のみならず、海外でも注目されるほどであった。

次期五輪に向けて注文が殺到している彼はなるほど確かに忙しく、息子が学校でどのような生活を送っているかどうかまでは意識が向いていなかった。

しかし、事情がわかれば話は早い。

早速、彼は雄太郎のために義母の製作を始めた。前にも一度、似たようなものを製作したこともあってか、思いのほか作業はスムーズに進んだ。前述の通り、彼の製作におけるモットーは無駄を省くこととデザイン性。

多忙を極めるスケジュールの合間を縫《ぬ》って、ものの一月半ほどで義母を完成させた。

雄太郎における算数、理科、漢字の書き取りと同じく、父にとって義母製作などやはり造作もないことであった。

「雄太郎、ご飯よ」

当たり障りのない中年女性の声がキッチンより響く。

雄太郎に欠損していた母の代替としての義母は見事な働きぶりを見せてくれた。まず無駄がない。家事も人並みにこなす。

教育も人並みに施す。人並みに芸能人のゴシップに文句を言う。人並みに雄太郎の成長を喜ぶ。人造人間と決定的に違うところはあくまでも、義母、つまりは母としての機能のみを集約させた代物《しろもの》という点であった。

「雄太郎、義母の具合はどうだ？」

父が尋ねてみれば雄太郎は口元にいつもの微笑みを湛《たた》えながらもその眼は闘志に燃えていた。そう。義母はあくまでも欠損していた母の代替品なのだ。マイナスがゼロに戻っただけであり、いかにして義母を使いこなし小学校生活を円滑《えんかつ》に過ごせるかどうかは雄太郎本人次第なのだ。

それでも雄太郎は変わった。何しろ義母とはいえ、初めての母である。

慣れるまでには相当量の特訓を要することになる。同学の少年たちと同じく玩具をねだる練習、断られた時にふてくされる練習。欠損していた部分を補塡《ほてん》するためとはいえ、夜遅くまで続けたふてくされる練習のせいで、雄太郎は頰《ほお》から耳にかけてのリンパ腺を痛めた。しかし、それでもこれはまだ初歩の初歩だ。

母子関係構築の登龍門《とうりゅうもん》とも言える学習塾勧告、これをいかに退《しりぞ》けるかが問題だ。元来、勉強のできる雄太郎にとってそもそも塾は不要である。しかし母子関係を習得し、自らのものにするためには無為に成績を下げる必要があった。しかしそこは聡明な雄太郎。毎日、毎日、懸命に解答欄をずらす素振《すぶ》りにも似た特訓の甲斐《かい》あり、何とかこの関門も乗り越え、見事、赤点の答案を携《たずさ》え誇らしげに帰宅してきた雄太郎の姿に父は思わず目《め》頭《がしら》を熱くした。

「雄太郎、みんなも行っているの。塾に行きなさい」

「お母さん、玩具《おもちゃ》の時はよそはよそ、うちはうちって言っていたじゃないか」

我ながら上手《うま》く造れたものだ。

手前味噌ではあるが父は息子と義母の会話を楽しんだ。

幾月かが経《た》ち、噂《うわさ》を聞きつけた地元新聞の記者が小学校へ取材に来た。

「義母というハンデを負いながらも授業参観に臨む小学生」そう、その日は授業参観であった。

それも誂《あつら》えたかのように母親への感謝の気持ちを手紙にしたため朗読するという授業内容だ。正直なところ父は一抹《いちまつ》の不安を抱えていた。教師も同じ気持ちであった。

猛特訓してきたとはいえ、果たして義母で上手く手紙を読めるだろうか。

もし途中でバランスを崩して、読む相手を間違えたら？　途中で母子関係のペアリングが切断され、これまでの蓄積データが初期化してしまったら？　カメラを構える記者も固《かた》唾《ず》を呑《の》んで、その瞬間を見守った。

「……頭にきたりもするけど、そんなお母さんが僕は大好きです」

雄太郎は見事、義母というハンデをもろともせずに最後までやり遂げた。

自然と拍手が湧き起こる。父は知らぬ間に教師と手を取り合って喜んでいた。

翌日、母欠損の少年が見事、義母を用いて感謝の手紙を読みきったという記事が地元新聞に掲載された。にわかに話題を呼び、小さな記事から飛び出し夕方のワイドショーにも取り上げられるなど、雄太郎の勇姿は全国に伝えられ、多くの人々を感涙《かんるい》させた。

それから一カ月も経たぬうちに教師の妊娠が発覚した。

相手は雄太郎の父である。知らぬ間に愛を育《はぐく》んでいた二人は入籍前にうっかり子どもを身籠《みごも》った。個人事業主の父親はともかく、教師である雄太郎の担任においては少々、世間体に響く。

そのため、二人は入籍し、妻となった教師は職場を離れた。役所に婚姻届を提出した晩。教師は雄太郎の父に招かれた。

父、雄太郎、義母、そして義理の母となる教師。字面にすれば少々ややこしい関係の人間が食卓を囲んだ。

「それでどうですか、先生。学校の方での雄太郎は」

教師に麦酒《ビール》をすすめながら、義母は母としての機能を発揮する。父は義母を無視して、自らのコップに手酌《てじゃく》で麦酒を注ぐ。

父と義母との間に会話がなされることはない。当然のことではあるが、義母はあくまでも雄太郎の欠損を補うためのものであり、雄太郎の父の妻としての機能を果たすことはない。義母ではあるが、義妻ではないのだ。

そうした事情を理解している教師は義母に頓着することもなく雄太郎に優しい口吻《こうふん》で切り出した。

「あのね、雄太郎くん。今度、お父さんと先生、結婚することにしたの。だからね、もう義母はいらないの。先生が雄太郎くんのお母さんになるの。血は繋《つな》がってないかもしれないけれど、本当のお母さんだと思ってくれていいからね」

そう語る間も、義母はキッチンに立ちせっせと家庭料理を教師の前に並べる。

「ほんと、こんなものしかお出しできずにすみません。もっと早くに知っていれば、もう少ししっかりしたお料理を出せたのですが。お口に合うかどうか」

ほほほ、と小さく笑う義母の声を遮《さえぎ》るように、雄太郎の父は続ける。

「雄太郎。先生の言う通りだ。もう義母は必要ない。これは押入れにしまっておこう」

言うが早いか父は義母の手を摑《つか》み、肘関節のジョイント部分を緩《ゆる》め、続けて膝《ひざ》の関節、そして首筋にはめ込まれたモーターを抜き取ると、五分前まで皿を並べていた義母を小さくパイプ椅子のように折りたたんでしまった。

機能性が自慢の義母は当然ながら収納も簡単である。

それからね。教師は続けた。

「もうすぐ、と言っても夏休みの頃かな。雄太郎くんに弟ができるの」

義母が片付けられたため、雄太郎の顔はすっかり挿絵笑いに戻っていた。何しろ再び母を欠損したのだ。

これまで構築してきた母子関係がリセットされてしまえば最初からやり直しである。いくら新たな母を獲得したとはいえ、慣れるまでには時間がかかるだろう。一日でも早く人間らしい表情を取り戻してあげなくては。教師は静かに母としての決意を新たにした。

「雄太郎。今の先生の話を聞いたな。もうすぐ俺に本当の子どもが生まれるんだ。こんなことをお前に言うのも変だが、今までありがとう」

本当の子ども？　教師がこの言葉に引っかかった次の瞬間にはもう父親は義母の時と同じく雄太郎の関節を緩め、首筋に隠れたモーターを抜き取ると小さく折りたたんだ。あっけにとられる教師をよそに、父は雄太郎を義母の横に並べた。

「義子には義母が必要、そう教えてくれたあなたには感謝しています」

小さく折りたたまれた雄太郎は取り乱す教師の姿を微笑みながら見つめていた。

二度漬け

入るなり、びちょびちょである。

油と手垢《てあか》と経年劣化で暖簾《のれん》は店名すら読めないほど。軋《きし》むドアを無理に開けば、その振動で天井に剝《む》き出しのダクトから褐色の液体が滴《した》り落ちてきた。肩から背中にかけ、シャツが、肌が、茶色く染まる。

最悪だ。本当にこの店で合っているのか。

「なんで串カツって二度漬け禁止なんですかね」

一カ月前。出張先の大阪・新世界の串カツ屋にて、なんとなしに地元の人にそう尋ねたのがきっかけだった。途端、店内の空気がわずかながら張り詰めた。わずか、というのはその張り詰め方にムラがあったからだ。

入り口付近にいた若者たちはこちらのことなど意に介することなく談笑している。空気が変わったのは奥のカウンターで、串一本で粘り続けている二人組の老人がいる席だ。ほんの五秒前まで陽気に、互いの歯の数を揶揄《やゆ》し合っていた二人が、急に黙り込み俺の方を向いた。

俺が声をかけた人も、その視線に気づくと、すうっとトイレに立ってしまった。

余所者《よそもの》の無邪気な質問くらい、気楽に答えてくれても良いじゃないか。なんだかずいぶんと閉鎖的な店に来てしまったみたいだ、と半ば憤然としていれば老人のうちの一人がこちらにそっと近寄ってきた。

「その答えを本当に知りたくば、この店に行くがよい」となぜか祠《ほこら》の守《も》り人みたいな口調で教えてもらったのが今、俺が入った店である。

まさかの、都内だった。北区にある繁華街の隘路《あいろ》にひっそりと佇《たたず》んでいた。

「お客さん、ダメだよ、強く開けちゃ」

カウンターの奥、なんだか鼠《ねずみ》のような面構えの五十過ぎくらいの男が、下卑《げび》た笑みをこちらに向ける。

「初めてだね？」

主人はさっきまで明らかに台拭きに使っていたであろう雑巾《ぞうきん》をぞんざいに投げてよこす。ダクトから垂れたものを拭きながら、店内を見やる。

他には客が二人いるだけだ。

ドレスコードでもあるのか。どちらも身なりは薄汚い。一人は競馬新聞に顔を埋めなが

らハイボールを呷っている。もう一人はすっかり酔いどれてカウンターに突っ伏しており、

真っ赤になった頬しか見えない。

置かれたソースの容器には期待を裏切ることなく「二度漬け禁止」と書かれていた。

「なんでまた?」

「ええ、この店に来たら二度漬け禁止の理由を教えてもらえるって、新世界で」

俺がそう言うと、主人は先ほどの下卑た笑顔を引っ込め、訝しげな、それでいて試す

ような目つきへと変わる。

「二度漬け禁止の理由? そんなの汚いからだよ。わざわざそんなことで?」

「でも、こちらなら分かると伺ったんですが」

「それ以外の理由なんて聞いたことないよ。それで、注文は?」

「あ、ええ、じゃあ、串カツと、ビール」

俺が告げると主人はこちらに背を向けて無言で支度を始めてしまった。ばさり、隣で競

馬新聞をめくる音だけが聞こえた。

二度漬け禁止の理由は汚いから。

そんなことはわかっている。一度齧《かじ》ったものを共用のソースに投じるなんて、そりゃあ不衛生だ。しかし、確かに新世界の串カツ屋ではそれ以上の、淀《よど》んだ圧を感じたのだ。

明らかに別の理由がある。

そうじゃなければこんな地元から遠く離れた店の情報をあの老人が教えてくれるはずがない。ソースの話を持ち出した瞬間の主人の態度の変わりようも妙だ。

「はい、これ」

丸皿に載せられたカツは、確かに旨《うま》そうだった。鮮やかなきつね色に揚がった、目の細かい衣からは香ばしい匂いが立ち上っている。串の端をつまむと、チラチラと衣が浮き、合宿所の風呂のようになっているソースの中に浸し、思い切り齧った。

最初、何が起きたのかわからなかった。

頭の中で突如スパークした未曽有《みぞう》の快感が「おいしい」というお馴染《なじ》みの感覚と類を同じくするものと気づくのに数秒はかかった。

脳幹が痺《しび》れるほど、旨い。腕にはうっすら鳥肌が立っている。味蕾《みらい》を撫《な》でまわす豚肉の脂、弾《はじ》ける衣の歯ごたえ、飲み込みたくない。ずっと味わっていたい。胃や食道に味覚が備わっていないことが残念で仕方がない。

しかし、これほどの串カツを出す店になぜ閑古鳥《かんこどり》が鳴いているのか。

そして、なぜこんなにも旨いのか。夢中で貪《むさぼ》りながら、思案する。

この店に来た目的を思い出す。

ソースだ。ソースが違うのだ。圧倒的に。

業務用のウスターソースに適当にみりんと醬油と砂糖をぶち込んだだけの代物《しろもの》とは比べることすら馬鹿馬鹿しい。

そもそもの根幹が違う。先ほどまで黒い液にしか見えなかったものが今では甘露《かんろ》のごとく蠱惑的《こわくてき》である。カツがこのソースを味わうためだけのツールに思えてくる。これは調味料なんかではない。例えば酒、いや下手をすれば薬物に近い中毒性すら感じざるを得ない。

気づけば、目の前のソースに再びカツを漬けしようとしていた。慌《あわ》てて、手を戻す。

幸い、主人にはバレていない。

もう衛生観念などどうでもよい。他の二人の客を見てみろ。酒にふやけて俺の方などまるで気にしていないではないか。二度漬け禁止の真相が目の前にある、そんな高揚感も背中を押している。

俺はタイミングを見計らうと禁忌《タブー》を破り、ソースに再びカツを泳がせた。

二度漬け禁止の理由はすぐにわかった。

再びソースに漬けた瞬間、カツはしゅうしゅう音を立てながら白煙を発し、中の豚肉は赤い斑点にまみれ、みるみるうちに膨《ふく》れ上がり、強烈な爆発音とともに砕け散った。カウンターに豚肉の欠片《かけら》が飛び散る。

「二度漬けしたね？」

呆然《ぼうぜん》としていると、競馬新聞に顔を埋めていた客が俺の耳元で囁《ささや》く。いつの間にか腕が強く捻《ひね》り上げられていた。

「いや、あの、すみません。悪気はなかったんです。でも、どうして？」

「どうしてか？　それは豚肉が砕け散った理由を聞いてんの？　いいよ。本日二度目だけど教えてやろう。簡単に言えば、アナフィラキシーだよ。聞いたことあるだろう？　スズメバチに二回刺されると死ぬとかいう、あれ。何せもともと闇市で生まれたもんだから当時でも禁止されていたものが色々混入してんだよ。もちろん、二度漬けしなけりゃ大丈夫だったんだけど、あんたみたいに分別のない奴が後を絶たなくなってね。摘発を恐れてこっちに流れてきたの。今の串カツ屋なんて、雰囲気だけ真似た紛《まが》い物ばっかりだ」

アナフィラキシー？　何を馬鹿なことを言っているのだ。それじゃあ豚肉が弾け飛んだのはソースに抗体を得たゆえの急性アレルギー症状だというのか。

「そんなイカれたものを提供している店が、今のご時世に生き残れるはずがないじゃないですか！　なんなら俺がすぐにでも通報してやりますよ！　でたらめも大概にしてください！」

俺が叫んでも、主人はこちらに背を向けたまま、ただ甕《かめ》をかき混ぜ続けている。

「バレない理由はさ、大抵の人はこうなるから」

競馬新聞の男は、隣で突っ伏していたもう一人の客の椅子を倒す。木偶《でく》のように転がり、仰向《あおむ》けになった。最悪だ。豚肉と同じじゃないか。身体中《からだじゅう》が赤く腫れ上がり、目玉をひん剝きながら、息絶えている。酔って赤くなっていたわけではなかったのだ。恐怖のあまり、体が硬直する。叫ぼうにも、声が出ない。

するとようやく主人が、大きな甕を片手に厨房からカウンターに帰ってきた。最初の下卑た笑顔に戻っている。

「二度漬けしちゃったんでしょう？　じゃあ、しょうがないよねぇ」

言うが早いが、甕の中のソースを俺に向かってぶちまける。いくらかは口の中にも。やはり、体の芯から痺れるほどに旨い。無意識に舌が口周りをなめている。もちろん、それどころではないのはわかっている。

逃げなくては。

二度漬けされたら、俺も隣の男と同じ末路だ。主人は再び、厨房に戻っていく。今一度、ソースを汲《く》みに行ったのだろう。だとしたら、逃げ出すタイミングは今しかない。俺を捕まえていた男も、ソースを避けるためか少しだけ距離を置いている。

今！

しかし、なぜか体が痺れて動けない。ソースの感動の余韻だけではない。動悸《どうき》も激しくなる。息も苦しい。舌も重い。気道を確保するため、天を仰ぐ。そして、把握する。

最初から、漬けられていたのか。

俺みたいな客対策なのだろう。

すっかり汚水と勘違いしていた。

入り口の天井、剝き出しのダクト。俺を真っ先にびちょびちょにした褐色の液体が滴り続けている。さっきの一撃で既に「二度漬け」されていたことにようやく気づいたが、もう遅い。

下戸《げこ》の憂い

「失礼いたします。本日十九時より十名で『鶴の間』をご利用いただいている江古田《えこだ》様、幹事はお客様でいらっしゃいますか」

個室の中、この慰労会の幹事を務める課長の江古田は溜息《ためいき》をつく。

「ええ、幹事は私ですが」

「江古田様、大変申し上げにくいのですが、先ほどから他のお客様より『鶴の間』へのクレームが入っておりまして。もしよろしければ江古田様の方で一つ、皆様にお声掛けいただければ、と」

「そうでしたか。それは大変失礼いたしました。ただですね。そういった話はせめてトイレから出た後にお願いできますでしょうか」

水を流す。舌打ち、溜息、深呼吸、それぞれ一つずつ。江古田は腹を決めたとみえ、ドアを開く。

個室前にいたのは見るからに気の弱そうな、痩軀《そうく》の店員であった。下唇を軽く嚙《か》みながら、今にも泣き出しそうな顔をしている。

「それで、ウチの部署の連中が？」

「ええ他のお客様よりやれ『うるさい』だの『幹事はどこだ』だの『だし巻きなど頼んでない』だの『店員が隠れて酒を呑《の》んでいる』だの、お客様へのクレームでもう、店中てんやわんやでございまして」

なるほど。後半二つは江古田に関係ないとは思うが、どのみち部下どもが何やらトラブルを起こしているらしい。ったく。さっき乾杯の音頭《おんど》をとったばかりだというのに。そりゃあ社運をかけての一大プロジェクトが一段落ついたのだから、多少は羽目を外しても良いが。

「皆様のお声が廊下じゅうに響き渡っておりまして、そのせいか他のお客様のご注文もうまく聞き取れない状況なのです」

「ははあ、さっきのだし巻き云々《うんぬん》はそのせいでしたか。失礼しました。すぐに参ります」

店員に連れられ廊下に出てみれば、確かに耳をつんざくばかりの笑い声に喚《わめ》き声。

ほぼ、ジュラ紀だ。

「あああ、無念、無念だ、あああ、ああ」

その中でもひときわやかましいのがこの声。

江古田は店員と連れ立って襖《ふすま》の隙間《すきま》から『鶴の間』をそっと覗《のぞ》いた。

「あの方です。ほら、あの泣き叫びよう。それも刺身を箸でつまんだまま。一体、何が悲しくてあんなに泣くことがありましょう」

部下の一人が、水芸のごとく涙を流しながら、むせび泣いている。

「ハマチ、てめえはよう、出世魚だのに、ブリになる前に、こうも刺身にされちゃあ、無念。無念であろう、ああ」

どうにも、そういうことらしい。ハマチと自分を重ね嘆く。

とんだ泣き上戸《じょうご》もいたものである。

「こいつは失礼いたしました。私どもがはなからブリを出していれば」

「いや何も店員さんが謝ることではありません。それにブリならブリで『魚でも出世できたというのに俺とくれば』などと泣いて、結果は、同じだったかと」

続けざま、泣き上戸と双璧《そうへき》をなす酒癖の悪い輩《やから》が頭角を現し始める。

「うひゃひゃ、ひゃっひゃひゃ、ひゃっ」

無論、笑い上戸である。

「それにあの方ですよ。お酒を一口含んだかと思えば途端にあの豹変《ひょうへん》ぶり。普段からあんな感じですか？」

「いや、そんなことは」

江古田はどうにも腑《ふ》に落ちない。

何しろ、今そこで笑い転げている奴の笑顔を見たのは、今が初めてなのだ。

「いいえ、あの男は課内でもいわゆるデキる奴として通っておりまして、ただ、普段より能面フェイスで、まるで愛想がない奴なんです」

一体、何が面白くてあんなに笑っているのか。仔細に観察してみれば時折「ばあ」とつぶやき、そのまま痙攣《けいれん》するかのように笑い転げる。

「ああ『いないいないばあ』で笑ってるんだ」

「どういうことです？」

「ほら、生まれてこの方笑ったことがないでしょう？　恐らくは今までの人生で笑い損ねてきたものが一気に押し寄せて玉突き事故を起こしているのでは、と」

「ははあ、随分と突発的な笑い上戸もいたものですなあ」

しかし、こうも騒がれては社の評判を落としかねない。江古田は意を決して、魔窟《まくつ》と化した『鶴の間』へと踏み込んだ。

「おいお前ら、いくら何でも羽目を外しすぎだろうが。おい！　おい！　お前ら！　おい！　聞こえてねえなこの野郎！」

江古田の声を無きものとして扱い、踊り狂っているのは歌い上戸に踊り上戸の女子社員らである。さすがは自称バブルの申し子だけある。何が凄《すご》いって、泣き上戸の嗚咽《おえつ》のリズムで歌い踊っているのだから、凄い。

「私、こんな踊りやすい嗚咽は初めて！」

踊りやすい嗚咽とは。

江古田からすれば注意したいところである。

他方、彼女らは彼の横領の証拠を握っていると噂《うわさ》に聞いたことがあるため下手に強く当たれず、江古田の憤懣《ふんまん》はただわだかまるばかり。

そこに輪をかけて笑い上戸が囃《はや》し立てる。

「うひゃひゃ、いいぞ。卓に乗っかってまるでお立ち台だ！　みろ！　徳利《とっくり》がひっくり返って畳のイグサに染《し》み込んでるよ！」

実況された通り、踊り上戸が踊る。卓上の鯛《たい》、ヒラメの刺身がひっくり返る。乱舞する。すかさず、先ほどまでじっとしていた実によく肥えた若手社員が畳を這《は》いつくばり、床に散らばった刺身をぺろりと平らげていく。

「なんだあこいつは、なんだ？」

「ひゃ、ひゃ、何言ってるんですか。三カ月前からうちの課に配属された新入りの田淵《たぶち》じゃないですか。課長が紹介してくれたのを忘れたんですか」

　そんなことは知っている。

　確かにこの百貫デブをプロジェクトのメンバーとして引き抜いてきたのは江古田だ。それがどうして今、トリュフを探す豚よろしく這いつくばっているのかが解《げ》せない。

「そりゃあ、平らげ上戸だからです」

　突然、泣き上戸が話しかけてくるものだから、思わず仰《の》け反《ぞ》ってしまった。急に泣き止《や》むな。

　平らげ上戸。そんな上戸聞いたことがない。

　人間、酒が入るとこうも変わるものなのか。ふと、江古田の鼻腔を甘ったるい紫煙《しえん》が突き刺した。

　部屋の隅、煙の方向を見やる。

　そこにいたのは課で最も古参の女子社員。

　彼女とくれば何をするでもなく不愉快そうに眉間《みけん》にしわを寄せ、しきりに煙草《たばこ》をふかしていた。どこかほっとした江古田は、そっと彼女に歩み寄る。

「どうした赤崎《あかざき》。そんな仏頂面《ぶっちょうづら》で」

「どうしたもこうしたもないですよ。あの百貫デブの汚い食い散らかしよう。こっちまで気持ちが悪くなってきますよ」

完全に同意せざるを得ないが、せっかくの慰労会である。どうにかみんな笑顔でいてほしいものだ。

「いやまだ若いんだからさ。それにほら、今時じゃ居酒屋の食い物を残す連中が増えているなんていうじゃないか。それに比べれば、平らげてくれるんだから可愛いもんだろう?」

折り悪く、田淵とくれば溢《あふ》れた刺身は全て平らげたと見えて、江古田の方へと向かってくる。

「あれお二人ともさっきから全然つまみに手をつけてないじゃないですか。食欲が?」

百貫デブの無神経な物言いに、とうとう赤崎姐《ねえ》さんの怒りが堰《せき》を切る。

「お前のせいだよ! この痴《し》れ豚!」

しれぶた。変換すらままならぬ罵倒《ばとう》に江古田は虚を突かれた。言われた田淵からすれば尚更《なおさら》のことであろう。

「お前みたいな奴のことを言うんだよ! いいかい? あんたがどこでどんな教育を受け

てきたのか知らないけどね、私はね意地汚い奴ほど許せないもんはないんだよ。ケチな課長が奢《おご》ってくれないから是が非でも会費四千円の元を取ろうって魂胆《こんたん》なんだろう？　その考えがさもしいって言っているんだよ！」

途中、通り魔に遭ったかのごとく傷つけられた江古田であったが、赤崎の剣幕《けんまく》を前にただだんまりを貫くばかり。

「だからあんたは給湯室で他の女子社員から『三角コーナー』だとか『豚クソ』だとか『肥えダム』だとか『千と千尋《ちひろ》の中盤あたり』とか『ふつうに顔が無理』とか妙なあだ名で呼ばれているんだよ。黙ってないで、なんとか言ったらどうなんだい！」

途中より、あだ名ではなかった気もするが、それにしても酷《ひど》い言われようである。が、田淵とくればさほど気にも止めぬ様子で、江古田の前に置かれた茶碗蒸しをすいすい平らげていく。さらにこれまた江古田の徳利から勝手に注《つ》ぐや、ぐいと嚥下《えんげ》し、赤崎を睥睨《へいげい》。

「はいはい。そりゃ確かに俺は意地汚いですよ。この通りの百貫デブです。それは認めます。でもね、俺は知ってるんです。赤崎さんが今言ったことは、みんな嘘だってことくらいね。何せあなたは、酒が入ればそれこそ、のべつまくなし見境なしのうそぶき上戸だ。何を言っても、喋《しゃべ》っても、出てくるのは嘘、嘘、嘘。この間だって、割り箸を煮しめたらメンマになるなんて嘘ついて。俺、すっかり騙《だま》されて割り箸を二十膳ほど、平らげちまいました」

シロアリみたいな男である。割り箸を普通に煮て食べるような奴を部下として引き抜いていたことを江古田は恥じる。それにしても今度はうそぶき上戸だ。比較的付き合いの長い江古田すら知らぬ赤崎の酒癖があったとは意外である。逆に入ったばかりの田淵が知っているのだ。今度は彼自身の監督能力、人徳の低さに恥じ入る。江古田の懊悩《おうのう》をよそに、うそぶき上戸と揶揄《やゆ》された赤崎、まるでこの時を待っていたかのように喋り出す。

「あんた、勘違いしているみたいだから先に言っておくよ。そりゃあ確かに私は酒が入れば課内きってのうそぶき上戸さ。年齢詐称、学歴詐称は当たり前」

聞き捨てならぬ発言が飛び出したが、江古田は今、恥じてそれどころではない。

「江古田課長が横領している証拠を女子社員が摑《つか》んでいるなんて嘘もつく」

自分の名が出てきて、ようやく江古田もハッとする。なんだ、あれは嘘だったのか。そうか、そうとなれば踊り上戸も、歌い上戸も恐るるに足らぬであろう。

「おいそこの踊り上戸！　とっととその踊りをやめねえとクビにするぞ！」

普段、温厚極まりない江古田の怒号を背に受け踊り上戸の女子社員もようやく舞い終わり、赤崎が平らげ上戸の田淵にとどめをさす。

「でもね、今の私は、シラフなんだよ。わかるかい？　あんたの気色悪い食べっぷりに食欲が失《う》せて今日は酒なんて呑んでないんだ。いくらうそぶき上戸の私だって、嘘なんかつきようがないんだ。私が今言ったことはね、寸分違《たが》わず事実なんだよ！　この肥ダムの豚クソが！」

途端、平らげ上戸が巨岩のごとく硬直し、やがてわなわなと震え始める。うそぶき上戸がシラフだった。つまり自分は本当に女子社員から蛇蝎《だかつ》のごとく嫌われている。配属三カ月の若手にとってこの現実、耐えるに能《あた》わず、ただ徳利を、と言っても江古田のではあるが、そのまま口につけ一気に呑み干してしまった。

「おい、徳利から一気にて……」次の瞬間。

「そんなああああああああああ、いやあああああああああああ」

江古田の声はまたしても掻《か》き消される。

人間から発したとは思えぬ声量でもって田淵は叫喚《きようかん》し、のたうち回ってしまっている。

なぜ『ボディガード』のテーマ曲っぽかったのかは知らない。

しかしこの阿鼻《あび》叫喚ぶりまで知らんぷりしていられない。先刻から他客より「うるさい」とクレームが入っていたのだ。

「おい、なんだ。田淵はどうしたっていうんだ」江古田は両耳を押さえながら赤崎に耳打ちする。

「まあ、凄い。ほら、さっき私に言われたことがショックで酒を一気に呷《あお》ったでしょう。それですっかり平らげ上戸から轟《とどろ》き上戸に」

轟き上戸。この局《つぼね》は何を言っているのだ。人間は轟けるものなのか。いや、そんな素朴な疑問は後回しである。今はとにかくこの平らげ上戸から轟き上戸なるものに変態してしまった田淵を鎮《しず》めることが先決。

「赤崎、お前知ってたんだろう？　こいつが平らげ上戸から轟き上戸になっちまうって。当たり前のように受け入れてる俺もどうかと思うが、発端は君なんだからなんとかしてくれよ、な？　頼む！」

江古田が半ば哀願すれば流石《さすが》の赤崎の中にもいくばくかの憐《あわ》れみが生じ、なお轟き続ける田淵にありったけの、それでいて煙草で潰れかけた声で説得を開始する。

「ちょっと、ちょっとあんた、あんた！　嘘よ。嘘！　何が嘘って最初から嘘！　まず酒を」

「お客様、お客様」

襖よりにゅっと突き出た細い腕が江古田の肩をそっと摑む。外へ出てみれば、先ほどの店員であった。

「なんですか急に。驚かさないでください」

「何をおっしゃいますか。驚いているのはこっちです。先ほどよりも凄《すさ》まじいことになっているじゃありませんか。一体全体、なんですか？　笑い上戸に泣き上戸、これは確かにいらっしゃいます。歌い上戸も踊り上戸も、この際良しとしましょう。ところが平らげ上戸、挙句《あげく》の果てに轟き上戸？　酒癖に第二形態があってたまりますか。なんですか、江古田様の飲み会はいつもこうなのですか？」

「店員さん、最初に言ったではないですか。今日は慰労会で私自身、まさかこんなことになるなんて予想すらしてませんでした。どうして今夜に限って、こんなことになってしまったのかこっちが聞きたいくらいなもので」

店員に詰め寄られても、立つ瀬がない。もっとも割りを食っているのは自分ではないか。江古田にも徐々に捨《す》て鉢《ばち》な態度が滲《にじ》み始める。

「そうはおっしゃいますが、私どもとしても今頼れるのは幹事である江古田様だけなんです。この様子じゃいつ機動隊が出動してもおかしくありません。どうか今一度、すっと入っていただきまして、その、鶴の一声を」

「ああわかりましたよ！　わかっております。それはもう、部下の責任は、上司である私の責任ですよ。ただですね、店員さん。まず、あなたにお伝えしておきますが、確かに私は幹事です。しかしそれ以前に、私もまたお客様なのです。このトラブルのせいで、私は乾杯の一口以外、一滴も酒を呑めていないのです。それに、私は聞き逃しませんでしたよ。最初にあなたは確かにこうおっしゃった。『店員が隠れて酒を呑んでいる』とクレームがついていると。そりゃ店員さんも大変でしょう。ましてここは居酒屋。酒でも呑まなきゃやってられない、そんな時もあるでしょうよ。ただですね、私だって、少しは呑みたいのですよ！　そりゃ、私は下戸です。酒の失敗もあります。でも、せっかくの慰労会なのですよ！　いいでしょう。お望みの鶴の一声、今一度、連中の元へ行って参ります。その代わり、騒ぎが収まったら、私だってしこたま呑ませていただきますからね！　その分の延長料金は払いませんよ！」

江古田は息巻く。

襖を開く。大きく息を吸う。

幹事としてのプライド。上司としての威厳。課長江古田が持てる全ての力を次の言葉でもって今、解き放つ。

「ラストオーダー！」

刹那《せつな》にして幽玄《ゆうげん》なまでの静寂が『鶴の間』を満たす。包む。全ての感情が、時間が、停止する。

ただただ見守っていた店員も「ラストオーダー」にこれほどの言霊《ことだま》が宿っているとはついぞ知らなかったと見える。

幹事の江古田は、俄《にわ》かに覇気《はき》を帯びる。

「それで、お前は？」

真っ先に泣き上戸が挙手する。嗚咽は続いている。

「課長、私はねえ、お銚子をもう一本ほど。お猪口《ちょこ》は二つ。ええ、一つは私に。もう一つはですな、ハマチに手向《たむ》けようかと、お願いいたします、ええ」

「はい、お銚子が一本、それで？　お前は？」

「私はですね、その、ひや、ひゃ」

これはお冷《ひや》という意味なのか判然としない。

ゆえに無視することにする。また踊り上戸も、歌い上戸も「踊りたい」「歌いたい」とてんでラストオーダーの意味を解していないので、これまた無視することに落ち着く。

他の連中は、生、生、生、生……妙。

江古田は首をかしげる。

どうにもわからない。お冷を抜かしても、生ビールの数が多いではないか。自分を入れて十名なんだから、ビールが十を超えるわけがない。

「すまない。生ビールの人だけ、もう一度、返事をしてくれ」

「はい」「はい」「はい」「はい」「はい」「はい」「はい」「はい」「はい」「はい」「はい」

十一。さっきより増えている。

極めて嫌な予感がしてきた。江古田は改めて、部下どもの顔ぶれを眺め、そして慄然《りつぜん》とする。失禁しかけてもいる。

とうとう第三形態にまできたということか。

今、目の前で起きていることがまるで理解できない。理解したくもない。理解したらこっちの理性がとぶ、その瀬戸際《せとぎわ》にいる。

江古田はその震源地に声をかける。

「田淵、そうだ、お前だ。お前に用がある。ええ、田淵？　お前の酒癖はなんだ。そう、平らげ上戸だ。最初は驚いたが、これも今となれば可愛いもんだ。そして、次がなんだ。そう、轟き上戸。本来であれば、もうこの時点で俺は誰かに違法薬物でも混入されたのかと自分を疑ってもおかしくないのだ。でも疑うならまさに今だ。おい、田淵。この百貫デブ。一体、お前、それはなんだ。なんのつもりだ？　何上戸だ？　なあ、教えてくれよ」

江古田の声は震えている。江古田だけではない。相変わらず襖より明子《あきこ》姉ちゃんスタイルで覗き続ける店員、うそぶき上戸の赤崎、踊り上戸の、歌い上戸、笑い上戸でさえその顔が引きつっている。やがて田淵らが口を開く。

「何上戸って言われましても」

「何上戸って言われましても」

「何上戸って言われましても」

「あえていうならば増え上戸ですかね」

「あえていうならば増え上戸ですかね」

「あえていうならば増え上戸ですかね」

「いや、僕もねこんなこと初めてですよ？」

「いや、僕もねこんなこと初め……」

「もういい！　もういい！　聞いているこっちの気が触れそうだ。何が増え上戸だ！　酔った勢いで数が増えるような奴がいてたまるか！」

店員もまた、目の前の現実を受け入れられず、オーダー表を携《たずさ》えたまま、ポカンにして、キョトン。

「やあ、すみません。私も店員なのに酔っ払ってしまったみたいで。先ほどまで轟いていた方が、たっくさんいるように見えて」

すかさず、江古田が口を挟む。

「いいえ、あなたが見ているのは現実です。そのデブがたっくさんいるんです。現実には降伏しないとなりません。でも、どうしても解せないのです。だっておかしいでしょう？　私も、この平らげ上戸もとい増え上戸も、あるいは笑い上戸の男だってそうですよ。全部、今日が初めてなんですよ。私もですね、下戸とはいえ部下を労《ねぎら》うために酒の席を設けたことはありましたがね、こんな不可思議なことは初めてです。店員さん、この『鶴の間』、何か祟《たた》りでもあるのではないですか。そうでしょう？　隠さないでおっしゃってくださいよ」

「いえいえ、まさかそんな。祟りだなんてそんなものは一切、ございません」

「じゃあ一体、なんで？」「なんで？」「なんで？」「なんで？」

そうこう言っている間にも、田淵もとい増え上戸はリズミカルにどんどん増殖していく。リズムが生じれば、ダンスも生じる。かくも奇怪な状況であろうとバブルの申し子はショーマストゴーオンの精神に則《のっと》り踊り続ける。

「増えるな！　そして踊るな！　やめろ！　やめろ！　ほらお前らが踊り狂うから部屋が揺れて、ミシミシいってるだろうが！」

江古田の言う通り、『鶴の間』は壁、天井が大きく揺れ、軋《きし》み、目に見える形で歪《ゆが》み始めていた。江古田はこの宴会が始まって何度疑ったかしれない目を執拗《しつよう》に疑う。

「ついに、俺まで、酩酊《めいてい》してしまったのか、なあ、『鶴の間』が、広がっていくように見えるんだが……」

違法薬物のせいではない。事実、『鶴の間』は拡張していた。増え上戸が分裂すれば床の間が半畳ほど拡がる。増える。拡がる。増えたそばから、勝手に注文をする。繰り返す。いつの間にか十畳ほどであった『鶴の間』は畳が延々と遥《はる》か地平まで続くかのような果てなき空間へとその様相を転じた。

江古田は、限界だ。

厳密に言えば轟き上戸の登場あたりで、とっくに限界だった。今にもパチンと弾《はじ》けてしまいそうである。

「知らん、もう知らん！　知らんもんは知らん！　俺は呑むぞ！　俺は客だぞ！　幹事？　知ったことか！　勝手に人数が増えて、勝手に部屋が拡がっていく、こんな慰労会の幹事なんてやってられっか！　店員さん、やっぱりこの『鶴の間』、呪われてるんじゃないか！」

額に青筋の浮き出た江古田は、増えた田淵らに止められながら店員に食ってかかる。

店員の眉、困り果てて綺麗《きれい》な八の字を描く。

「そう、ですねえ、一つだけ考えられることがあるとするならば、ほら踊り上戸の女性の方。あの方が踊られた時に、徳利が倒れて畳のイグサにお酒が染み込んだではありませんか。何も酒癖が悪いのは、人間ばかりとは限りません。この『鶴の間』もまた、増え上戸に対して『納め上戸』だったということかと」

納め上戸？　部屋にも酒癖がある？

「まあ、そんなこともあるでしょう」

余りにも奇天烈《きてれつ》な酔いどれ百鬼夜行《ひゃっきやぎょう》が脳を通過し続けたのだ。江古田の現実への許容範囲はもはやとどまるところをしらず、増え上戸と共に拡張し続ける『鶴の間』と相似を成していた。

「酒だ！　おい増え上戸！　そんなところで増えてないで課長さんにお酌しろ！　お酌だ！」

狂乱状態の江古田の元へ、大量の田淵らが徳利を携え怒濤《どとう》の勢いで押しかける。その圧で、居酒屋全体が軋み出す。

ひゃひゃひゃひゃと、笑い上戸のように笑い声をあげながら、下戸であるはずの江古田は酒を見る間に呑み干していく。

「お客様、そんな一気に呷られたら体に毒ですよ」

良かれと思って諫《いさ》めた店員に江古田は怒号を飛ばす。

「黙れ！　こんなことは言いたくないがね、あんたと口を利いてから災難続きだ！　疫病神かなんかに取り憑《つ》かれてるよ！」

「いえ、私はただ酒癖が悪いだけでして」

「酒癖？　そうか、そうだよ。確かにそうだ。あんたはシラフじゃないんだ。お客様である、この俺を差し置いて、隠れて酒を呑むような店員だ。あんたもあれかい？　なんとか上戸かい？　どうせ、すぐに謝る謝り上戸とかそんなとこだろう？」

「いえ、私はですね、酒を呑むとすぐにトラブルに巻き込まれる、つまりは被害を被《こうむ》る、被り上戸ってやつでして。今回の一連のトラブルもみんな、被り上戸の私が招いたものだと思います」

「被り上戸？　じゃあなんですか？　あなたと会ってから、連中がおかしくなった。どれもこれも、あなたがその、被り上戸だから、ってことですかい？　なんでそれを早く言わないのですか」

「ええ、一刻も早くお伝えしようとトイレの個室をノックしたのですが、タイミングを逸してしまい……」

「そうか！　全部、あんたのせいか！　よくわかりました。もうどうせ、増え上戸が勝手に頼んだ追加注文が多すぎて、会計を見る勇気もありません。こうなることは途中から覚悟していたんです。だから私だって普段は呑まない酒を一気に呑んだんですよ。早く酔っぱらいたくてね」

ここまで一息に言い終わると赤ら顔の江古田が右口角を上げ不敵に笑う。被り上戸の店員が一層、青ざめる。

「まさか、江古田様、あなたも？」

「ふふ、店員さん、あとは任せましたよ。私も本当はね」

最後まで言い切らぬうち、江古田課長は忽然《こつぜん》と姿を消してしまった。慌《あわ》てふためく店員を尻目に、赤崎はこの期《ご》に及んで煙草を一服。ゆっくり紫煙を吐き出すと、

「ああ、そういえば、そうだったね。課長が酒を呑まないのは下戸だからじゃない。酔ったら消える、消え上戸なんだよ」

うそぶき上戸の言うことなど本来であれば信じられないが、事実、江古田課長は姿を消した。

煙草を灰皿に押し付けると、赤崎さんはようやく私の方を見る。

「あんたもさ、隠れ上戸だかメモり上戸だか知らないけれど、よくこんな状況の中、ずっと隅っこでスマホいじっていられるわね」

心外である。私は正真正銘の下戸だ。メモり上戸でも、隠れ上戸でもない。

騒動の中、ずっとここにいた。誰からも話しかけられずに、だ。退屈しのぎにスマホにメモし続けただけである。

だから、飲み会は嫌なのだ。

二十二時の告解室

決して女子トイレではない。

ずらり並んだ個室、これ全てが告解室だ。

重厚な扉で隔《へだ》てられた各室には四方を防音加工の施《ほどこ》された壁が囲繞《いじょう》する狭苦しい空間、懺悔《ざんげ》欲で胸いっぱいの社員らが座る業務用の丸椅子。そして格子窓がはめ込まれた仕切り板。互いの顔がわからない仕様となっているその窓の向こう側に、僕たち派遣の契約神父たちの職場がある。手取り、およそ十六万円。

他の派遣された神父と同じく、僕はキリスト教徒ではない。聖書などビジネスホテルの引き出しにあるものをぱらり捲《めく》った程度だ。

契約神父に教養は必要ない。カウンセリング能力も、だ。ただ社員たちの懺悔に適当な相槌《あいづち》を打てれば用は足りる。無論、告解室で聞いたことを他言すれば罰せられる。たとえそこに社会的正義があろうと「告発」することは認められていない。

あくまでも社員の胸中でギトつく呵責《かしゃく》なるものを希釈し、業務を円滑《えんかつ》に進められるように導入されたもので、悪事を暴く裁量権などハナから与えられていないのだ。

この立ち寄りやすさからか、既に二十二時を回っているというのに、僕のブース（そう言って差し支えなければ）には社員らがひっきりなしに立ち寄り、あれこれ懺悔しては幾分スッキリした様子で帰っていく。顔こそ見えないが、声の調子が明らかに懺悔前と違うのだ。赦《ゆる》されたわけでもなしに、勝手に罪が代謝されていく。

だとしても、今日は多い。

繁忙期か何か知らないが、要するに「部下に厳しく当たってしまった、自分としては鼓《こ》舞《ぶ》したつもりだった」といった内容ばかりで、神父側からすれば食傷気味である。相槌も「へえ」やら「ほお」やら、気づかぬうちにずいぶんとそっけないものになりつつあった。

そんな時だ。

「お願いします」

「はい、どう、ぞ」

レジ打ちのバイト感覚で懺悔社員たちを流してきたが、懐かしい声に思わず顔が硬直する。どこだ。どこかで聞いた声だ。

銀の鈴が鳴るような綺麗《きれい》な声。

「神父さま。私は、本当に、だめなんです」

思い出した。中学時代、同じ放送部だった葉山《はやま》さんだ。昼休み中の放送を担当していた、あの葉山さんだ。僕は裏方の機材担当で、彼女は演者。よく深夜のラジオパーソナリティの真似事をしたがる先輩に付き合わされていた。放送は聞くに堪えぬ酷《ひど》いものであった。が、ただ過激な単語を羅列《られつ》したいだけの先輩をやんわりと窘《たしな》め、校内放送としての体裁《ていさい》を整えることができたのはひとえに彼女の功績によるもので、僕自身彼女に何度も助けられた経験がある。再会の喜びをぐっと胸のうちにおしとどめた。手取り十六万とはいえ僕は今、曲がりなりにも「神父さま」なのだ。

「私がうっかり寝てしまったのが悪かったんです。うちの班であの時間、起きているのは私だけだったんです。だから、私が責任をもって朝までに資料をまとめるべきだったのです。でも、どうしても私だけでは、いいえ。言い訳をするつもりはありません。申し訳有りません。ご迷惑をおかけしました」

様子がおかしい。

気づけば嗚咽《おえつ》が混じっている。説明はずいぶんと主観的で具体性が乏しく時系列もちぐはぐ、やたらに謝罪が多い。派遣先から渡された薄い冊子を見ずとも、格子窓を開いて顔色を窺《うかが》わずとも、彼女が今極限状態であることがわかる。とはいえ一介の派遣神父に過ぎぬ僕に何ができるというのか。ようやくありつけた仕事を捨ててまでして彼女を救うべきだろうか。そうこう逡巡《しゅんじゅん》している間に、彼女は既に去っていた。以降、彼女は二度と僕の告解室《ブース》に現れなかった。

翌月も、相変わらず僕は告解室の中におり、社員たちもまた相変わらず、入れ代わり立ち代わり気楽に懺悔を繰り返す。

「部下が、行方《ゆくえ》不明になりまして」

ひどく重々しい口調で、格子窓の向こうの男は口を開いた。煙草《たばこ》の臭《にお》いが仕切り板を越えて、こちらまで漂ってくる。黄色い乱杭歯《らんぐいば》まで見えてくるようだ。

「采配《さいはい》自体は悪くなかったものと思います。チェック体制も問題なかったと。何せデータを資料にまとめるだけの作業なのです。通常の業務が終わってから取り掛かっても、朝方までには十分に終わる量であったと思います」

懺悔にきたのかと思えば妙に言い訳がましい。一体、この男は何をしに来たというのか。

「ところがです。翌朝、私が出社すれば任せていた奴らはみんなデスクに顔を突っ伏して眠っているではないですか。名目上リーダーとしていた女子社員すら、指示した量のまだ半分も終わっていない業務を放棄して白目を剝《む》いているのです。考えられますか？」

「それは、大変でしたね」

「考えられないでしょう？　だから私はそいつを怒鳴り散らしました。お前のような奴には今後、二度と仕事を振らない、と。言い過ぎではありません。仕事をなめてもらっては困るのです。彼女は涙を流しながら謝ってきましたが、論外です。そんな暇があるなら早急に残りの業務を終わらせるのが筋ではないですか？」

「おっしゃる通りです」

「ところがです。叱り飛ばした翌日、彼女は飛びました。いいえ飛び降り自殺というわけではなく、早い話が行方をくらましたのです。こっちの身にもなれってものです。ほんと。神父さま、その、なんと申し上げますか、やる気のない社員をしっかり教育できていなかったこと、ここに懺悔いたします」

「いいえ、どうかご自分を責めずに。あなた自身、全力で頑張ってこられたのですから。これはあなたのせいではありません」

そう伝えると、仕切りの向こうの男は急に咽《むせ》び泣き始めた。

「はい、その、不甲斐《ふがい》ない限りで。結局、私が残務処理を行う羽目になりまして、上からは管理能力を疑われたりと、本当にもう散々なんです。はい、神父さまに、お話しして、本当によかったと思っております。ありがとうございます」

そう言い残すと、男は去っていった。煙草の臭いだけが、いつまでも残った。

時刻は今日も夜の二十二時を回っていた。

あの日、葉山さんが泣いていたのはさっきの男のせいだろう。僕が処罰を恐れ告発を躊躇《ためら》ったせいで、葉山さんが行方不明になってしまったのだ。どうせあの男は繰り返す。結局、あの男が懺悔したのはなんだったか。会社から逃げ出すような軟弱社員を生んだ自分の教育不足などという実に見当違いなものだったではないか。葉山さんは決して責任を放棄して逃げ出すような人ではない。放送部の時だってそうだ。先輩が震災に絡めた実に不届きなことを言いかけたその瞬間に、すぐにマイク音声をオフにして、ヴィヴァルディをかけるような人だ。判断能力の高さは勿論《もちろん》のこと、何よりも放送部を護ろうとする責任感の強い人だった。そんな人を追い詰めた、あの野郎が憎くてしょうがない。一丁前に涙を流しやがって。今すぐにでも告発してやろうか。そう思い携帯を取り出すも、途端に処罰に対する恐怖が顔を覗《のぞ》かせる。派遣神父が告発なんてしてみれば、解雇は勿論のこと再就職にも響くだろう。

いや、一体、なんのための告解室だ。

告発の前に告解があるではないか。

「在室」となっている札を「不在」に内側から引っ繰り返す。トイレに行く振りをして、入り口からこっそり並んだ告解室の様子を覗く。時刻は二十二時。人影はない。今だ。

僕は初めて、告解室の前に立つ。

神父用の出入り口とは比較にならないほどの重々しい扉。ゆっくりと開ける。隙間《すきま》から暖色の光が溢《あふ》れ、確かに「在室」の文字が認められたが、仕切りの向こうにいるはずの神父はなにも言わない。どうせ、やる気のない派遣なのだろう。構わない。告解するにあたり神父の質などどうでも良い。

僕は丸椅子に座ると、呼吸を落ち着かせ、ゆっくりと口を開く。

「神父様、僕が神父にもかかわらず告解室を利用すること、まず懺悔します。ただ冊子に書いてあった通り懺悔する限り、僕は告解室にいる権利があるのです。そして何より、これからとある社員を告発することを、ここに先んじて懺悔させていただきます」

やはり告解それ自体に神妙な作用があるらしい。スズメバチの巣のごとく胸の内で肥大していた不安が俄《にわ》かに澄んでいく。

腹は決まった。礼を言って立ち去ろうとすると、仕切り板の向こうより物音がしたかと思えば、沈黙していた神父は静かに話し始める。

「いいえ、神父さま。すでに告発は済んでおります。あいつが処分されたら、また職場に復帰する予定です。ですので、告発によって神父さまが罰せられるようなことはありません。そして何より本来であれば社員であるはずの私が神父さまの席に隠れていること、後ほど神父さまに懺悔させてください」
銀の鈴のような声で、神父さまは答えてくれた。

ずっと喪《も》

喪が明けない。

明ける気配すらない。

この山村に越してきてから今の今まで、この村とくれば懲《こ》りずにずっと、喪中だ。年中、喪服に身を包み、俺が越してくる前に死んだらしい名主の婆さんの喪に服し続けていた。

その服し方もまた徹底している。

喪服ならまだしもあらゆるものが喪中仕様となっている。まず今、こうして執《と》ってみた筆も、喪中ゆえの薄墨《うすずみ》しか手元にない。自分でも読みにくいが、この村にいる以上致し方ない。

例えば喪屋、なんてものがある。「もや」と読む。四十戸ほどの小さな村だが、全ての家の壁を墨汁《ぼくじゆう》で塗りたくり、その様相、焼き討ちの跡のよう。点在する黒い陋屋《ろうおく》の中、村民は真っ黒な喪米《もまい》と喪汁《もじゆう》を以《も》って食事とし、野良仕事に勤《いそ》しむ。喪米の足しにするべく乾燥キクラゲを精米屋に持っていく折も、色の薄くなった喪歯《もし》を塗りなおすべく、喪畑《もばた》の向こうにある唯一にして、おそらくは無免許の歯科に立ち寄る際も、絶えずうつむいて過ごしている。では、その肌もまた「喪肌《もはだ》」と称して黒塗りしているかと思えば、逆だ。鬱乎《うっこ》たる森林と粘つく曇天《どんてん》によって日照時間は異様に少なく、砂肝の食えない部分みたく青白いのだから余計に気色が悪い。

その代わりに、というのも妙であるが、肌が黒いのは「喪人《もじん》」たちである。

そもそもこの話は「喪人」の話だ。

喪人を語るべく、俺はこの薄い筆を執った。

喪人とは何か。有り体《あてい》に言えば、村民が喪に服しているかどうかを見回る、村長の息のかかった自警団の構成員である。

彼らはとにかく、真っ黒だ。全身を墨汁より粘性の強い染料で染めてしまったものだから、ほとんど影のよう。白目だけが夕闇の中、ぼうと浮かび上がる。順繰《じゅんぐ》りに家々を回り、少しでも喪に服していない米、つまるところ白米などがあれば没収する。

越してきて間もない時に、俺も没収された。

いきなり真っ黒い人間がズカズカ入ってきたかと思えば、バケツいっぱいの墨汁を屋根や壁にぶっかけて、ようやく出来た飯も炊飯器ごと持って行こうとしたのだ。

「ちょっと！　何するんですか？」

「あれ、知らないのですか？　これはどうも、すみません」

俺は驚いた。喪人は意外にも話が通じた。何せ、結局のところ肌を黒く塗っただけの二十代前後の若者たちなのだ。

「あれですか？　越してきた人ですか？」

岩瀬《いわせ》と名乗ったその青年は他の喪人らの狼藉《ろうぜき》を掣肘《せいちゅう》し、俺に陳謝したうえで「じゃあ、これで米を喪《も》ってください」と聞きなれぬ言葉と共に、乾燥キクラゲが入った袋をよこすと、他の喪人らを連れて立ち去っていった。

その翌日にはもう、俺は喪人だった。

明け方、戸が叩かれる音で目を覚《さ》ますと、昨晩のことが思い出され、慌《あわ》てて白米を隠して、水に戻したキクラゲを大皿に盛り付けたのち、そっと扉を開けた。

外には、二十五歳ほどの中性的な顔立ちの青年が、緊張気味に佇立《ちょりつ》していた。

「何か？」

「いえ、村長のお家《うち》にお招きしようかと」

「あれ？　岩瀬さんですか？」

「そうです。すっぴんで恥ずかしいんですけど」

白目しか知らなかった岩瀬の顔つきは想像よりはるかに幼く見えた。それ以上に喪人たるもの喪に服してなくて良いのだろうか。

「巡回の時だけでいいんですよ。警察官だって年中、制服を着てませんでしょう？」

ここが普通の村落であれば腑《ふ》に落ちるであろう機知を弄《ろう》され、如何《いかん》ともし難い顔つきで歩き続ければ、もう村長の邸宅である。

巨大な松に寄りかかられ、今にも潰されそうな家屋は例のごとく喪《くろ》い。

大広間に通されれば、頭髪以外、全てが喪《くろ》い村長と、同様の格好をした若い衆たちが、役員面接のごとく、横一列にズラと座っている。

「臼田《うすだ》さん、朝も早くにどうにもすみません。実は折り入ってお願いがございまして。単刀直入に申し上げれば、その、あなたもまた、喪人として、我々の、村を見回って、貰《もら》いたく思いましてですね、はい」

残り少ない歯もしっかり喪《くろ》くした村長が、口内炎が八百個できた時のような口ぶりで訥々《とつとつ》と語ったところ、俺の前職が消費者金融業であり、さらに業務内容が債務者への督促《とくそく》だったところを鑑《かんが》みるに、この村に来たばかりとはいえ、これ以上の適任者はいないのではないか、ということらしい。どうして俺の前職が筒抜けなのか多少気になるところではあるが、俺が前職で「やらかした」ため地価の安さだけに縋《すが》って、半ば逃げるようにこの村に越してきたことまでは幸いまだ通じていないようだ。提示された報酬も申し分ない。慣れぬ野良作業で生計を立てることより、喪人として生きる方がはるかに現実的だった。その後、岩瀬より喪人業務遂行の段取りなど事細かに説明を受け、多少なりとも困惑したが、ここまで聞いて引き下がるわけにもいかず、

「承知致しました」

喪人の朝は、遅い。実に遅い。

まさかこんな山奥で歌舞伎町《かぶきちよう》の水商売の人間らと同じ生活リズムになるとは思ってもみなかったが、慣れている分、楽だ。夕刻に起きると顔を洗い、浴室は別に設《しつら》えた喪浴《もよく》の桶《おけ》で、ゆっくりと身体中《からだじゆう》を喪《も》っていく。鏡を見れば、すっかり「喪人」だ。喪服に袖を通したタイミングで、戸が叩かれる。

「臼田さん、岩瀬です。行けますか？」

開ければ、すっかり見慣れた白目だけの同僚が、俺をしげと眺める。

「やっぱ東京の喪人って感じ、しますね」

東京に喪人はいない。岩瀬は適当なことを言う。

「でも、デビュー二カ月でもう決行かよ」

「あー、そこは臼田さんの越して来たタイミングですね。なにせ来月が喪の更新期なんですから」

岩瀬が今、言った通り。もうすぐ、この村の喪が名目上は明けることになる。

俺と岩瀬は闇に溶けながら、おし黙ったまま喪に服し続けるこの村の小道をひたすらに歩き続け、やがて精米屋の家の前で止まる。

「あーあ、ここのおじいちゃん。好きだったんだけどな」岩瀬は寂しげに、ひとりごちる。

喪人たるもの、思い出が少ない方が良いのだろうが、こうも閉鎖されていては、それも叶《かな》わないのだろう。半ば岩瀬の境遇に同情しつつ、ならばと俺が先陣を切って木戸を開ける。

しばらく前より労咳《ろうがい》で寝込んでいた精米屋の爺《じい》さんは、俺らを認めるやゴホゴホ咳《せ》き込みながら「もう米なんて残ってねえから、勘弁してくれ」と哀願してきたが俺らがここに来た理由は何も白米のためじゃない。岩瀬がぐずついているので、俺が名前すら知らないこの爺さんの身体を引きずり出す。爺さんとくれば、風邪で寝込んだ時に毎夜のごとく俺ら喪人が米やら生活用品やらを没収し続けたおかげで、すっかり衰弱し、その痩身《そうしん》は竹細工のよう。

「岩瀬くん、キクラゲだけ用意して」

岩瀬はもはや抵抗する気力すら失《う》せた爺さんの口腔《こうくう》に、水で戻したキクラゲをいっぱいに詰め込む。そのとき、岩瀬の白目に涙が滲《にじ》んでいたかまではわからない。

爺さんの骸《むくろ》は村長が引き取った。

おそらく名主の婆さんの時のように上手《うま》く処理するのだろう。年齢は二十ばかり改竄《かいざん》される。岩瀬が説明した通り、これでまたこの村の「喪」が更新される。わずか四十戸での村落では生産人口が一人減るだけで、助成金が発生する。次に喪《も》られるのが村長であることは村長以外、全員が知っている。が、喪中は不謹慎なことは話せないので、薄墨で記録するに留《とど》める。

日々々

かれこれ二カ月間、ずっと日曜日である。

リストラされたわけではない。

ちゃんと、しっかり、日曜日だ。

では最高ではないかと問われれば、今のところ、最っ高である。

朝起きて、清々《すがすが》しい日曜日の日差しを、歯磨き粉のCMのごとき背伸びを以《も》って歓待し、部屋の掃除をして、切らしていた「コロコロするやつ」の替えを買いに出かけ、最寄《もよ》りの中華屋で最寄りの天津飯《てんしんはん》を食べ、やはり最寄りの本屋に立ち寄ると、ストレッチの雑誌を購入し、帰宅。適当にページを繰って、ストレッチは特にせず、発泡酒を三本ほど呷《あお》り、転がっていたグルメ漫画を読みつつ、六時半にアラームをセットして、なんとなく眠る。

目を覚ます。

清々しい日曜日の日差しが再び、訪れる。

まさか自分にこんな奇天烈《きてれつ》なことが起こるとは思ってなかったが、現実は現実だ。現実には立ち入る隙《すき》がない。

そこでまず俺が思ったことは、日曜日でよかった、ということだ。

もしこれが月曜日だったらどうなっていただろうか。考えるだけで膀胱《ぼうこう》がキュッと縮んで尿を漏らしそうになる。

それでもこれだけ日曜日が続くと流石《さすが》に「歯磨き粉のCMのごとき背伸び」にも飽きてくる。せっかくなので、高校時代の友人にでも会おうかと電話しようとするも、繋《つな》がらない。そもそもスマホの電話が機能しない。そりゃそうだ。「最初」の日曜日、俺は誰にも電話をしていない。ということは、最初の日曜日と同じ行動しかとれない状況だということか。極めて微妙な心境である。カミュやニーチェや下手すりゃ釈迦牟尼《しゃかむに》に対しても申し訳ないのだが、この繰り返しは、悪くはない。悪くはないが、飽きはくる。

さらに一カ月が経過した。

天津飯に飽きることにも飽きる、そんな妙な境地に達していた頃合い、ちょっとこの日曜日に対して違和感が生じてきた。

なんというか、雑なのだ。

例えば、毎朝の日差し。

あれほど素敵な日曜日の朝を演出してきてくれたこの日差しも、どこか最近になって何とも人工的な、あざといものに感じるようになってきた。それこそ、太陽光に似せた照明のようだ。これから片付けることになる散らかった衣類やゴミも、人から借りてきたかのごときよそよそしさを放っている。

もっと露骨《ろこつ》なのは、最寄りの中華屋だ。

まず中国人店主の日本語がどうにも下手になってきている。いや、もっと正確に言おう。カタコトがわざとらしくなってきている。

最初は「はい、天津飯一丁」としっかり言えていたはずが「テンシハン、イッチョ、ネ!」と、カタカナ表記を余儀なくされるようなイントネーションだ。顔立ちも日本人が無理に中国人に扮している時のような、ぎこちないものに変わった。靴底を引っ張る床の油のギトつきも、この後買うことになる「コロコロするやつ」の粘着性を模したようだ。

模した。

なるほど、そういうことか。

慌《あわ》てて「コロコロするやつ」と、どうせ読まずに終わるストレッチ雑誌を購入すると、足早に帰宅して、雑誌の表紙を眺めながらしばらく思案したのち、ようよう出した結論としては「これはモノマネではないか」ということだ。

モノマネタレントがしているあの芸当だ。

今日が昨日のモノマネをしているに違いない。だから繰り返しに陥《おちい》ったように思えて、微妙に細部が違ったり、誇張されたりしているのだ。このストレッチ雑誌だって、明らかに最初に見た時とモデルの体型が違っている。

　なんでこんな簡単なことに気づかなかったのだろう。そしてそれに付随するある事実に気づくと、にわかに心がざわめきだす。

　俺の知る限り、モノマネショーの王道とくれば、この先に待ち受けるのは間違いなく「ご本人登場」である。モノマネタレントの後ろより、そおっとモノマネされている当人が近づき肩を叩《たた》けば、タレントは仰天、でおなじみのあの「ご本人登場」である。今まさに俺が終えようとしている今日は昨日をモノマネしているだけだ。もしご本人である「最初の日曜日」がご登場すれば、結局またこの三カ月間が永続的に繰り返されることになるだろう。俺は永遠に名も知らぬ中華屋の大将のモノマネが拵《こしら》える天津飯のモノマネを食い続け、モノマネの夕日を背にモノマネの帰路につく。永遠に「明日」にたどり着けないまま、グルメ漫画に手を伸ばす。六時半にアラームをセットする。横になり、目を瞑《つぶ》り、少しだけ思案する。永遠に天津飯を食い続けるか、それとも月曜日を迎えるか。答えは決まっている。

どうか、明日が来ませんように。
ご本人様、お待ちしております。

強そうなホームレスを探す

大学院を卒業して、今は強そうなホームレスを探す毎日を送っている。

私はこのホームレス探しで生計を立てているわけではないので、多分、今の肩書きは、ニートだ。文系院卒ではよくある話だけれど。

きっかけは近所に住む少年からの誘いだった。院卒ともなれば、高校、大学時代の友人はとうに就職してしまっているため、私は平日の昼間っから暇を持て余し、ベッドで天井の木目にガンを飛ばしながら、ゆっくり石油になるのを待つ生活を送っていた。

「すみませえん」

小学生くらいの男の子の声が玄関から聞こえる。母はフラワーアレンジメントの教室に行っているため今はいない。ちくしょう。どうやら私が出るしかないみたいだ。天井の木目とは一時休戦し、

「はあい」

無理やり絞り出した声で返答し、ドアを開ける。

「お願いします。俺と一緒にホームレスを探してください」

四年生くらいだろうか。まだ幼さの残る、桃のような産毛《うぶげ》を震わせながら、少年はまっすぐ私を見つめていた。君はだあれ？　お家《うち》は？　ホームレスを探すって何？　あと、なんでいきなり私に声をかけたの？　今思えばこの時点で訊《たず》ねておくべきことは山ほどあったのだけれど、なぜか少年のうるむ瞳に気圧《けお》されて、あるいは判断能力が鈍くなっていたためか、何も事情をわかっていないのに「良いよ」と言ってしまった。

確かに私たちが住んでいる町には変な行事（民俗学専攻ではないので「変な」で片付けてしまうけれど）、とにかく妙ちくりんな催しが祭りの日に行われているのは事実だ。

しかも、正式な名前がない。

神社の境内で自分が見つけてきたホームレスを神主立会いのもと、即席の闘技場で戦わせる、というものだ。

起源はわからないが、歴史は浅いはず。だってこの近辺で駅前や路上で暮らす人たちが増えてきたのはどう考えても昭和、それも戦後に入ってからだし、千葉の方じゃ同じように自分で見つけたネコハエトリグモを戦わせる江戸から続く伝統行事があって、どう考えても、それに影響されたとしか考えられない。千葉の方はたまにテレビで見掛けるけど、こっちは夕方のワイドショーどころか、深夜の潜入ルポ的な番組ですら見たことがない。少し変わっているのは、育ててはダメということ。つまりこの祭りに備えるべく、ホームレスを家に招き、滋養《じよう》を与えて格闘技を仕込むといったことはルール違反。あくまでも目利きが試されるのだ。

今考えれば、こんな身近な研究材料があるならば修士課程で専攻を変えてしまえばよかった、なんて思うけどどうせポスドクじゃ食えないわけだし、ニートの方がマシだ。で、今の私はその「強そうなホームレスを探す」ことに関してうってつけの人材だった。時間は無限にある。おそらく少年も、その現状をなんとなく聞きつけてやって来たのだろう。

「それで、名前は」

「たいき。大きい、樹。むずかしいほう」

中途半端にマナーを覚えて来たらしく、大樹はくしゃくしゃの紙袋を「これ、あの」と渡してきた。中にはポテチが三袋。コンソメパンチと、コンビニ限定九州しょうゆと、コンソメパンチ。男子が、剝《む》き出しだ。

男子小学生剝き出しのラインナップに、思わずくすと笑う。

「僕、穴場を知ってるんです」

僕なのか俺なのか。まだ一人称が安定していない大樹は、すっぴん、そして高校時代のジャージ姿である私の腕を摑《つか》んで、いきなり外に連れ出そうとする。何もそこまで焦《あせ》らなくても。少し前なら抵抗したに違いないが、別に今の私に武装は必要ない。「ちょっと、待ってて」、財布とスマホだけポケットに入れ、スニーカーの紐《ひも》を結ぶ。

こうして私のホームレス探しの日々が始まった。後ろに苗字すら知らない少年を引き連れて。

「あの人は？」

最寄《もよ》り駅の階段の下、葡萄唐草《ぶどうからくさ》の毛布を幾重《いくえ》にも巻きつけた状態で眠っている老人を指す。ヒゲだけドストエフスキーみたいに、ずいぶんと立派。

「おじいちゃんじゃんか、それに痩《や》せっちょろいし。あんなのすぐにやられちゃうよ」

大樹の「おめえはまるでわかってねえな」みたいな言い方に思わず小突《こづ》きたくなる。小突こうか。小突いた。

「痛い、せんせ、何すんの」

大樹はなぜか私を「先生《せんせ》」と呼ぶ。

助教にでもなっていたら、もしかしたらそう呼ばれる日もあったかもしれない、少しだけ憧れていた呼び名。悪い気はしない。

「じゃあ、どんなのがいいのよ」

「だから、穴場を知ってるって言ったじゃんか」

そうして連れられてきたところは、確かに穴場かもしれなかった。なるほど。家がなくとも仕事はある人、だっているのだ。

ここらで一番大きい緑地公園の端っこにある、やたら猫の多い広場。大樹に言われるまま、ツツジのかげに身を潜《ひそ》めると、一台の白いワゴンが入り口に面した道路に停まる。ぞろり、一日の労働を終えた男たちが、ドヤドヤと降りてくる。この広場はそうした人々の集合場所であり、解散場所でもあるのだ。

肉体労働を終えたばかりの彼らは、そのまま公園の外に向かうかと思いきや、多くは広場中央にある四阿《あずまや》に向かったり、ベンチの背もたれを利用して肩甲骨《けんこうこつ》周りのストレッチをしたり、なかなか帰ろうとしない。

「みんな、ここに住んでるんだ」大樹が私に耳打ちをする。

申し訳程度に設けられた柵の向こうを大樹が目で示す。まばらに植え込まれた灌木《かんぼく》の隙《すき》間《ま》から、見慣れた、あるいはお馴染《なじ》みの、青いビニルテントが確認できた。裸の木に洗濯ものが干されたりしている。私は四阿で談笑しているグループの中でひときわ上背のある男をスカウトしようと提案する。一見すれば三十代、少し上に見積もっても四十代前半だし、首から肩にかけての筋肉が岩礁《がんしょう》のように盛り上がっている。

「あれは、ダメだよ、なんか怖そうだし」

「今さら、それ理由にする？」

「ねえ帰ろう。今日はもういいや。いないみたいだしさ」明らかに大樹は不満気だった。

それは私に対してというよりか、待ち人が来なかったことへの苛立《いらだ》ちのように感じ取れた。実際、「いないみたいだし」という彼の言葉はすでに目星がついていることをはっきり示している。その語気はどこか他人を排斥するようで、それ以上深追いしないことにした。

ニートに、無職に、急ぐ理由なんてないんだから。

インターホンで起こされた。

時計を見る。もう午後の三時だった。

大樹かな、と思って玄関のドアを開ければ見知らぬ女性が立っている。

「えと、あの」

「もううちの子と関わらないでもらえます？」

その一言に、私が聞きたかったことへの回答が全て含まれていた。この子は大樹のお母さんで、息子のホームレス探しに付き合っている暇なニート女にクレームを入れにきたのだ。

「あの子、今日だって朝から学校も行かずに探し回っているんです。あなたの指示なんでしょう？　いい歳《とし》して、小学生の遊びなんかに付き合ってないで、ご両親を安心させたらどうですか、じゃ、さよなら」

言いたいことだけ直《じか》に焼印《やきいん》するタイプらしく、一息で私をしっかり傷つけたかと思えば、大樹の母は満足げに帰っていった。

いい歳して、小学生の遊び、ご両親を安心させる、ぜんぶ正しすぎて、当たり前すぎて、反吐《へど》が出そう。結局は、出ないが。

木目は私を睨《にら》むだけだから、まだ可愛いもんだ。そりゃ私は、はたから見れば無職、ニート、穀潰《ごくつぶ》し、親不孝者、などなど、不届きな肩書きばかりが絡みついた人間だ。でも大樹からすれば立派な「先生」であって、いや、これは言い訳か。呼吸が全てため息に変わる。

ホームレスを探すとかいって、私だっていつそっち側にまわるかわからない。結局、家があるだけマシだという優越願望を満たすために付き合っているといっても過言ではない。

でも、同時に将来の下見をしているとも言えなくはないわけで。

ちょっと待って。私は指示なんか出してない。急に、大樹の母の言葉がリフレインする。

「今日だって朝から学校も行かずに探し回っているんです」、何それ。聞いてない。

じゃあ大樹はどこに？

決まっている。穴場だ。あの公園だ。

どうして私に黙って行ってしまったのだ。

身を起こすと私は例のジャージで、猛然と自転車を走らせる。せんせにとって、これは完全に監督不行き届きだ。途中、アルバイト情報サイトの広告がやけにガンを飛ばしてくる。その度、ペダルをもっと強く踏む。


大樹はすぐに見つかった。やはり公園の広場で。穴場で。

汗にまみれ、ガムシロップに溺《おぼ》れたような私をよそに、ベンチに腰掛けたまま、まるで悪びれる様子もなく、

「これ、見つけたから」などとのたまう。

隣には屈強なホームレスと思《おぼ》しき男性が立っていた。

「元ボクサーなんだ」

大樹が目星をつけていたのは、このホームレスだったらしい。男性は私に軽く会釈《えしゃく》する。眉の上の方がわずかに切れている。身体《からだ》つきも小柄ながら、重機のような威圧感がある。

どうして小学生の大樹が見た目だけで、この男性が元ボクサーだと判断できたのかはわからない。ただ、圧倒的に祭りは有利になる。

「先生、見にきてくれるでしょう」

うん、と小さく呟《つぶや》く。

結局、私はホームレスを見つけられなかった。私が見つけたのは、強そうなホームレスを探すために学校をサボった小学生一人だ。

明確な名称すらない、ホームレス闘技戦の出演依頼をこの男性にしないといけない。できるだけ丁寧《ていねい》に、侮蔑《ぶべつ》的な印象が滲《にじ》まないよう慎重に言葉を紡《つむ》いでいくも、

「いや、大丈夫ですよ」

元ボクサーは途中でそう遮《さえぎ》り、あっさり承諾してくれた。どうしてこんなにすんなり受け入れてくれたのかはわからない。その不器用な笑顔は、どこかで見たことがあるような気がした。

祭りの当日。私が到着した頃にはすでに会場となる神社は境内から人がはみ出すほど賑《にぎ》わっていた。中には脚立まで用意している人もいる。すみません、すみません、と蝟集《いしゅう》した男たちの隙間を縫うように進む。熱気と男たちの汗の臭《にお》いで、酸っぱいものがこみ上げてくる。

「先生、こっち」

小さな手が私を熱気の核となる場所へと容赦なくどんどん引っ張っていく。痛い。どうして男どもはこうも摩擦の強い服ばかり着るのだ。すっぴんの肌を擦りむいてしまう。

大樹は私を最前列に連れてきた。

金網で四方を囲まれた闘技場の中でまさに今、一人の筋骨隆々としたホームレスが斃《たお》されるところだった。男たちの怒号、歓声が渾然一体となって、金網を揺らす。

「あ！　ほら、勝った方見て」

驚いた。勝者のホームレスは「あんなのすぐにやられちゃうよ」と大樹が小馬鹿にしたドストエフスキー似の老人だった。カンフー映画のような展開に思わず、グッとくる。

「ね？　先生の目は確かだったでしょう」

別に私がスカウトしたわけでもなしに。大人気なく、いい歳して、私は得意げだ。

大樹は大樹で、ふふんと鼻を鳴らす。

「でも、その次の対戦相手が、僕が見つけた元ボクサーなんだよ」

彼されたホームレスが、神主に引きずられて金網の外に放り出されるのと入れ替わり、大樹のホームレスが闘技場に現れる。上半身は裸、下は薄汚れたワークパンツ。それでも登場した瞬間、会場の空気がにわかに沸騰《ふっとう》した。元ボクサーのリングネームを叫ぶ声。シャッターを切る雹《ひょう》のような音。一度も取材が入ったことがないはずだが、懸命に何かをメモする記者らしき人もちらほら。缶が舞う。まだ残っているチューハイが髪の毛にかかる。会場の熱気とはうらはらに大樹の顔が硬直していく。さすがに不安なのかもしれない。

でも、杞憂《きゆう》だった。

元ボクサーは一瞬でドストエフスキーをノックアウトした。最後までルールはわからなかったけど、立会いの神主がフサフサの紙切れがついたあの棒を振ると、両者が近づいて、これがゴングの代わりなんだろうか、など思っている間に、元ボクサーはドストエフスキーのあごを「ちょん」と拳《こぶし》で触り、勝負はついた。

神主が柄杓《ひしゃく》で敗者の顔に水をかけている間も、脚立の上で興奮しすぎた客が倒れた時も、群衆の中、ちらっと大樹のお母さんが立ち去ろうとする瞬間を目撃した時も、拍手はずっと鳴り止《や》まなかった。

隣で安堵《あんど》の表情を浮かべる大樹の頭にぽんと手を置く。

「お父さん、強かったね」

「うん」

私なりに思い切ったつもりが、大樹は別段動じない。いつものように隠していたことを悪びれることなく、当たり前のように認めた。

どうして大樹のお父さんの顔に見覚えがあったのか。現役の世界チャンピオンの名前すらわからない私が、とうの昔に引退した元ボクサーの顔を知っているわけがない。覚えているのは、過去に大樹のお父さんが起こした暴力事件のせいだ。酒に酔ったタチの悪いファンに道端で絡まれ、思わず手を出してしまい、溶けるようにボクシング界から姿を消した。そのファンは確か、彼が幼い長男をおぶって歩く姿を揶揄《やゆ》したのではなかったか。

未《いま》だ収束を見せない喝采《かっさい》の中、元ボクサーは父子とはっきりとわかる笑顔を大樹に向けた。これをきっかけにもとの家族に戻る、なんてうまいことにはならないだろう。それでも毎年、大樹は必ずお父さんを「見つけ」てここにやってくる。

そして毎年、必ず勝つ。

この変な祭事が続く限り、大樹は無敵だ。

一方、何も教えることはなかったたった一カ月の「せんせ」生活も終わり、私は再びニートに戻る。

もし本当にホームレスになったとして、大樹は私を見つけてくれるだろうか。いや、たとえ見つけたとしても「瘦せっちょろいし、あんなのすぐにやられちゃうよ」と言われるのが関の山だ。第一、女の私が闘技場に上がれるのかもわからない。

「痛い、何すんの」

「あ、ごめんよ」

気づけば、大樹を小突いていた。

この前ガンを飛ばされたアルバイト情報サイトの広告をもう一度確認してから、帰ろう。

土俵際の背広

ネクタイを締め直し、土俵に上がった。俺に次はない。

これが最後のチャンスだろう。

呼吸を整えながら、取組相手の様子をちらと見やる。草臥《くたび》れた背広、汗染《あせじ》みで汚れた襟《えり》が覗《のぞ》く。顔色とくれば羽化したばかりの蟬《せみ》の色。俺より一回りほど年下であろうか。

番付は同格、つまりは幕下。

勝てるかもしれない。

しかし四股《しこ》を踏む素足を見た瞬間、慄然《りつぜん》とした。甲から足首にかけて輪郭はペルシャ猫のようにしなやか。それでいて足裏はマグマを慌《あわ》てて冷やしたかのようにゴツゴツしている。

『昇進する人は足裏で決まる』。

嘗《かつ》て読まずに捨てたビジネス新書のタイトルがよぎる。一体、あの本に何が書いてあったのか。それはわからない。ただ、少なからず相手の足裏には普段からのたゆまぬ努力の痕跡が見て取れた。

それに比べて俺の足はどうだ。路傍《ろぼう》でふやけている湿布じゃないか。長年に亘《わた》る怠惰《たいだ》が今頃になって悔やまれる。背水《はいすい》の陣となってようやくあの頃の感覚を思い出した。

俺も、本当は勝ちたいのだ。

話はゆっくりと遡《さかのぼ》る。

まず、半年前。

出社してみれば俺の属する取組部署二課の壁に新しい番付が貼り出されていた。一斉メールでも確認できるというのになぜだか毎月、番付表の前には人集《ひとだか》りができる。昇進、降格、異動の連絡は事前に本人には伝えられているので、確認すべきは専《もっぱ》ら同僚の昇進に関してだ。

もうずいぶんと長い間、俺はこの番付表を気にしていない。そりゃ番付が上がれば、給料も上がる。しかし今の幕下の給料でも食えないことはない。独身で贅沢《ぜいたく》をしなければ引退まである程度の貯蓄も見込めるだろう。

なら、それで良いじゃないか。

時間外の摺《す》り足。週末にわざわざ取組先の土俵にまで顔を出す。ちゃんこの席で上司より聞かされる「通勤途中の電柱は全て俺の張り手で曲がっている」といった眉唾《まゆつば》の武勇伝をまるで初めて海を見た少女のごとき顔で聞く、などなど。世のサラリーマンが経験して然《しか》るべき憂き目を俺はここ十年以上避けている。昇進も降格もない。ずっと幕下。「寄り切ってえ、たまに寄り切られてえ」、そんな奥田民生《おくだたみお》が歌いそうな緩《ゆる》やかな取組スタイルこそが性に合っているのだ。

「見ました？　今月の番付」

俺と同じく幕下の後輩が尋ねてきた。

一旦、気づかないふりをする。十年以上も幕下である以上、演出が必要となってくる。あくまでも昇進コースから外れたボンクラではなく、はなから出世に興味のない、どこか浮世離れした先輩、という風に思ってもらえないと、流石《さすが》に立つ瀬が無い。故に天井タイルを見つめ、奇天烈《きてれつ》な思索に耽《ふけ》っているかのような顔を決め込んでみた。

「二課の関脇、ヤマウチさんって方になるらしいですよ。先輩、前に同期って言ってなかったですか」

「おおう？」

思わず山脈名のような声を上げる。超然とした先輩像を自らぶち壊してしまった。が、そんなことより、ヤマウチ君だ。慌てて立ち上がると、一斉メールで確認できることも忘れ、人集りに加わった。

確かに。やたら縦に伸ばされて印刷された番付表の関脇の欄にはヤマウチ君の名があった。とうに枯渇《こかつ》したと思っていた敵愾心《てきがいしん》がふつと湧いてくる。関脇となれば巡業エリアを割り当てる権限を持つ。そしてもちろん、直属の上司ということだ。入社して最初の番付が貼り出されるまでの日々がふと甦《よみがえ》ってきた。

ヤマウチ君は俺の同期だ。

『前頭の数ばかり気にする若者たち』『ホントは教えたくない横綱の取組術』『土俵は掃除するな！』。

新入社員時代。取組二課に配属されたばかりの俺のデスクに仰々《ぎょうぎょう》しくビジネス新書が並ぶ。そこから『昇進する人は足裏で決まる』を勝手に抜き取るとヤマウチ君は「なにこれ。ツボの本？」などと言い放った。違う。まだ読んでいないが。きっと違う。恐らくは摺り足の重要性を説いた本だ。

「あのさ、いくら摺り足したって勝てなきゃ意味ないじゃんか。だったら楽そうな巡業エリアを割り振ってもらうことに力を注いだ方が効率良いんじゃないの？」

同い年の序の口に知ったような口を利かれても困る。得意げな面に思い切り塩を撒《ま》きたい。岩塩でこめかみを打擲《ちょうちゃく》したい。その気持ちをぐうと堪《こら》える。ヤマウチ君は先輩に呼ばれると、本をデスクに放ってどこかへ行ってしまった。なんだよ。巡業エリアを斡旋《あっせん》してもらうなんて、そんなのフェアじゃない。俺は土俵に誓う。たとえどんな巡業エリアであろうと、勝ち星をあげる。だからこそ死ぬ気で精進するのだ。

景気の後押しもあってか燃えていた。たとえ取りつく島のない新規の取組先でも真正面からぶつかっていった。アポも取らず先方の土俵に赴《おもむ》き、行司が呆《あき》れて帰るまで蹲踞《そんきょ》し続けたこともある。こうした日は家に帰らず、会社の土俵部屋の隅で仮眠をとった。起きると背広、体中から泥の臭《にお》いがした。この泥臭さ、これこそが俺の取組スタイルだ。

そう信じていた。

翌月。入社して初めての番付が貼り出された。果たして現実は残酷だった。ヤマウチ君は宣言した通り、既に白星が安定している巡業エリアを先輩から引き継ぎ、星の数は同期の中でもダントツ。以降、彼は着実に勝利を重ね、トントン拍子で昇進。三年目に総務部に異動。行司の采配《さいはい》を一手に管理する重要ポストに収まった。かたや俺とくれば、あれほど駆けずり回ったというのに……。

「今月、白星がないじゃないですか」

「申し訳ありません！」

　気づけば口をついていた。我に返って顔を上げると二課の同僚が皆こちらを向いている。そして俺の視線の先、ヤマウチ君がいた。

　記憶の中のヤマウチ君じゃない。

　現実の、十数年後のヤマウチ君、今度の番付で関脇として取組部署に帰ってきた俺の同期が、そこにいた。彼は全体への挨拶《あいさつ》もそこそこに早速、貼り出されたばかりの番付の戦績を確認。その不甲斐《ふがい》なさに思わず嘆いたらしい。過去に意識を飛ばしていた俺はそれに反応したというのか。もはや仙人ではない。ただの奇人だ。

　ヤマウチ君は俺の顔をしげと眺める。訝《いぶか》しむ。ややあって驚く。無理もない。まさか同期が未《いま》だ幕下で燻《くすぶ》っているとは思わなかったろう。ましてそうなった遠因が自分だということなんて考えるわけがない。

「嘘。まだ土俵で寝ているの？」

「まさか。最近じゃ本すら読んでいないよ」

　周囲の人間が先ほどから反応に困っているのが分かる。万年幕下の男と関脇が同格のように話している、それだけでも奇異だというのに、土俵で寝るとは何か。なんでこの幕下の男は突然、謝ったのか。そもそもこの幕下はなぜ馘首《かくしゅ》されないのか。こうした同僚たちの瑣末《さまつ》な疑問は次のヤマウチ君の言葉に吹き飛ばされた。

「まあいいや。それはそうと、今月から各自担当の巡業エリアでの戦績が下位の人は廃業して頂く可能性があります。そこだけよろしくです」

赴任して早々なんてことを言い出すのだ。どうやら俺が一番、ショックを受けている。岩塩で殴られたような気分だ。引退でなく廃業となれば退職金は出ない。奥田民生ごっこなんかしている場合ではない。どうすれば良い。どうすれば。帰り道、とりあえず電柱に張り手しながら帰った。手首を少し痛めた。

同期への憐憫《れんびん》なのか、皮肉なのか。ヤマウチ君が俺に割り当てた巡業エリアは嘗て彼が白星をあげまくったあのエリアだった。つまり長年のお得意様が多い。「いや、皮肉ですね」後輩は言う。確かに。十年前ならフェアじゃないと憤っていたかもしれない。結果として上司から楽な巡業エリアを斡旋してもらったのだから。

巡業車から降りて、取組先の社屋に入ると、受付で名を告げる。案内された応接間の右手。パーティションで区切られたスペースに、年季の入った土俵がある。室内土俵特有の、湿気や汗を含んだ饐《す》えた臭いが漂っていた。

その奥。四股を踏む小さな背中が見えた。今日の取組相手だ。今一度言う。俺に次はない。このお得意様ほど、簡単に白星をいただける所もないと専らの噂だ。つまりここで負けたら、もう俺は廃業まっしぐらだ。

覚悟を決め、革靴を脱ぎ、ネクタイを締め直し、土俵に上がる。

「すみません、少々バタついてまして」

軍配をバインダー代わりに、大量の資料を抱えたまま、ようやく外注の行司が到着した。聞くところ、総務時代からこの界隈でヤマウチ君の息がかかっていない行司はいないという。もし俺がヤマウチ君にとって昇進敵だったならこの行司も買収されていただろう。その点で俺は脅《おびや》かす心配のない、仙人気取りの哀れな幕下だ。情けない。

気持ちが落ち込むままに腰を深く落として構える。行司がずいぶんと長い調子で軍配に挟んだ双方のプロフィールを読み上げる。やはり、俺よりずいぶんと若い。改めて相手の顔を見る。獣のような鼻息。炯々《けいけい》と光る眼。何がなんでも勝ち星がほしい、そんな眼だ。

つまりは昔の俺とよく似ている。ぎりりと内臓が締め付けられる。

拳《こぶし》が土俵から僅《わず》かに離れたかと思うと、強烈な張り手を胸元に食らった。刹那《せつな》、肋《あばら》が軋《きし》む。視界の端で軍配が揺れる。俺の上体が反り上がった隙《すき》に相手は俺のベルトをむずと摑《つか》み、あの玄武岩《げんぶがん》のような足裏で土俵を思い切り踏み込む。あっという間に、土俵際まで追い詰められる。

「残った、残った」

ふやけた湿布のような足では、踏み止《とど》まるだけで精一杯だ。きっとこの若者も俺と同じく摺り足に明け暮れ、休日返上で土俵に上がり続けてきたのだろう。そうに違いない。しかし、こいつはその努力が報《むく》われようとしている。無性に悔しくなった。

「俺だって、本当は関脇になりたかったんだよ！」

渾身《こんしん》の力を振り絞って、喉輪《のどわ》を食らわせようとしたが、シャツの袖ボタンが背広の袖口に引っ掛かる。電柱張り手で痛めた手首が悲鳴をあげる。こんな基本的なことすら忘れていたのか。結局、俺はそのまま、すっと寄り切られた。困憊《こんぱい》のあまり土俵の横に倒れ込む。懐かしい匂いがした。俺は負けた。お得意様から白星を取れなかったのだ。

「残った、残った」

梅酒に沈んだような意識の中、行司の声が聞こえる。そして被《かぶ》さるように相手の怒号。それでも行司は機械的に「残った、残った」と繰り返す。どうした。腰を押さえ、よろり立ち上がると、行司の顔を見やる。変わらず「残った、残った」とリピートしながら目配せで私を土俵へと促す。やはりこの行司はヤマウチ君に買収されている。こちらが勝つまで取組を終わらせないつもりなのだ。そりゃ稽古や勉強するより、良い巡業エリアを割り当てるより、行司を牛耳《ぎゅうじ》った方が遥《はる》かに会社全体の業績も上がるだろう。とってもヤマウチ君らしい考えだ。浜辺で死にかけている深海魚のような動きで再び、青年へと挑む。投げ飛ばされる。それでも立ち上がる。「残った、残った」、頬が擦り切れて血が滲《にじ》む。「残った、残った」、朦朧《もうろう》とする。青年へと倒れ込む。簡単にすっ転ばされる。繰り返す。

「残った、残った」

この声が聞こえる限り、俺は取組を続けないといけないのか。こっそり青年に耳打ちして負けてもらえないだろうか。いや、この形相を見る限りでは無理だ。どうせ不正な取組ならばと、持てる技術を総動員して俺を投げ飛ばさんとしている。ヤマウチ君。君は笑うかもしれないけれど、まだいたよ。今時珍しい、泥臭い青年が。泥臭いと言うか、血なまぐさい。もう修羅《しゅら》だよ、修羅。いくら行司を買収したって、こっちの身が持たないよ。

残った、残った、残った、残った。

残った、残った、残った、残った。

「決まり手の欄は何と書けば良いですかね」

翌日、包帯だらけで満足に手が動かせない俺の代わりに、幕下の後輩が取組報告書を記入してくれていた。結果は、もちろん白星だ。

俺はまた仙人面で天井のタイルを仰ぎ見る。

今度は本当に奇天烈なことを考えねばならない。昨日。あの青年は修羅の顔から一転、唐突に冷めた顔つきに変わり、「では」とだけ言い残し、そのまま土俵から去っていった。

前触れもなしに。当然、寄り切りでも、押し出しでもない。ならば事実を報告するしかない。

「ええとね。とりあえず（定時）か（ゆとり）、いや（時代）って書いといて」

「いや時代はないでしょう。『ただいまの決まり手は時代、時代』こんなの聞いたことあります？」

無い。正直決まり手はこの際どうでも良い。

現在、白星一つ。幕下。独身。

なんとなく足裏を見る。革靴の中で本当にふやけた湿布が張り付いていて、見えない。

プシュ

玄関までだいたい五歩のところで、プシュと鳴らす。暗がりの中、発泡酒をここで一気に半分ほど呑《の》んでしまう。

旨味《うまみ》も何もあったもんじゃない。

ただ冷たくてしゅわしゅわしたモノが喉《のど》を通過していく感覚だけがある。この感覚が税込八十四円。

今度は缶を脇に挟む。先に半分ほど呑んだのはこの時溢《あふ》れないようにするためだ。すでにポケットから鍵は取り出している。音を立ててはいけない。ゆっくりと差し込み、滑り込むように家に入る。玄関脇のスイッチを闇の中で探る。アシダカグモのように手を壁に這《は》わせ、指の腹に神経を集中させる。カチと鳴らないよう細心の注意を払い、たっぷり三十秒かけて指先の力をスイッチに込めていく。蛍光灯が一瞬だけ、リビングを照らす。すぐに消す。

あくまでも動線を確認する作業だ。

決して空き巣ではない。夫だ。夫の帰宅だ。

ただの帰宅がどうしてこうも忍びじみてしまうのか。もちろん、妻に発泡酒を呑んでいることを知られたくないからだ。ただそれだけの理由で俺はこうも惨めで姑息《こそく》な手段をとっている。

そんな自分を認めると、なおさら鳩尾《みぞおち》辺りに岩礁《がんしょう》のようなごつごつした不快感がせり上がってくる。ふやかすために、残りもほとんど呑み干してしまった。

妻の眠る寝室の隣にある自室に入り、クローゼットを開ければ、崩れ落ちそうな缶、缶、缶。

中身はない。捨てるタイミングを逸した空き缶がビニール袋の中で窒息している。雨に濡《ぬ》れたパンのような臭気が鼻をつく。これら全て、先ほどと同様に五歩前でプシュついてきたものだ。税込八十四円のげっぷが出る。一円にもならぬ涙も出てくる。

何が俺をこうさせているのだ。

そもそも妻は一度たりともこのことで俺を咎《とが》めたことはない。きつい言葉で詰《なじ》ったりすることもない。そもそもほとんど会話がない。

やはり全ては俺の引け目、負い目に依るものなのだろう。

会社を勝手にやめ、転職活動の傍《かたわ》らつなぎのために何となく始めたデータ入力のバイトも、気づけばズルズルと一年以上続けてしまっている。

毎日昼近くに目覚め、シャツに着替え、電車に揺られ、タイムカードを押し、誰とも会話することなく業務を終え、深夜営業のスーパーに寄り、妻が寝たあと帰宅し、律儀《りちぎ》にも用意してくれている寝巻きに着替える。

月収入は彼女の半分。そんな俺が深夜零時に「プシュ」と鳴らす権利を憲法は、妻は、保証してくれていただろうか。妻は何を思い、何を考えているのか。本音がまるでわからない。イライラが募《つの》る。プシュ。

「黙ってちゃわかんないよ！　三十過ぎて十二万しか稼がねえような奴が夜中に酒を呑んでるのが気に食わないんだろう！　いいじゃんか！　ビールじゃなくて発泡酒だよ！　それもオリジナルブランドでやっすいの！　わかる？　レジ横の大福より安いんだからね！」

先月の給料日。無言の圧に耐えきれなくなった俺は酔った勢いに任せ鬱積《うっせき》した思いの丈を妻にぶちまけてしまった。

ぼうとテレビを観ていた妻は、

「うん、うん、わかった」

こっちの剣幕《けんまく》に反してにべなく答え、通販番組に目線を戻してしまった。まるで相手にされていない。激昂《げっこう》した自分が恥ずかしくなる。

「羽毛布団なんて、うちにそんな余裕……」唇まできた言葉を舌先で丸め込む。

羽毛布団を買う余裕がない理由、それはすなわち俺の収入が少ないからではないのか。

俺がそうした自責の念にかられることを予期して通販番組をつけていたのではないか。

妻は何も言ってくれない。心意を汲《く》み取ろうとすればするほど、堂々巡りに疲弊《ひへい》し、今日も胃が荒れていく。プシュとしたくなる。


ここまでが、一カ月前の俺だ。

もう俺は誰に遠慮することなく、自由にプシュついている。何もかも、羽毛布団の次に紹介されていた「サイレンサー」のおかげである。これが俺の人生を劇的に変えてくれたのだ。


サイレンサー。名前と機能と、きりたんぽみたいな形、ってことは大抵の人が知っている、あの代物《しろもの》だ。

ただし、テレビショッピングで紹介されていたのはそんな物騒《ぶっそう》なものではない。自身の体に装着するウエアラブルタイプのものだ。

なんでも装着した部分でモノに触れれば音を吸収してくれるのだという。

形状や大きさも用途によって様々。

俺は迷わず一番小さい指サック状のものを注文した。廉価《れんか》だし、なによりプルタブを開ける音を消すにはもってこいだ。俺と似た境遇らしい男が「使用者の感想」を語っていたことも嬉《うれ》しかった。普段、まるで人と接していないからわからなかったがずいぶんと売れているらしい。全国にはこんなにも多くの同志がいたのか。

用途は別にプルタブだけではない。指サック型のサイレンサーをはめていれば鍵を開ける音だって、スイッチを押す音だって、ミュートされる。もう忍ばなくて良いのだ。行き先を失った音が指をぶると揺らす感覚も心地よい。

そして次の給料日。

やはり明細には十二万と印字されている。

先月の自分を思い出し、笑いそうになる。あの日はいつもより多く発泡酒を購入し最寄《もよ》りの公園で呑み干し、しっかり空き缶を園のゴミ箱に捨ててからの「レジ横の大福より安いんだからね！」だ。なぜ大福より安ければ良いと思っていたのかがわからない。

それも過去の話。そんなことは気にしなくていい。「プシュ」と鳴らないだけで、こんなにも心は自由なのだ。結局、十本ほど発泡酒が入ったビニール袋を姪《めい》っ子のように抱きかかえて玄関の鍵を開ける。靴下を丸めて洗濯機に放り込み、用意してもらっている寝巻きに着替える。気兼ねすることはない。どうせ妻は寝ている。俺の指先からは何の音も生まれないのだから。

それでも調子に乗りすぎた。

八十四円の酒を呑むような奴とくれば、詰まるところ俺とくれば、すぐに調子に乗るのが悪癖である。自室で七本目を開けるかどうかの頃合い、急に訪れた猛烈な尿意に従うま、トイレに向かいパンツを下ろし、小用でも便座に腰掛けねばならないというルールを破り、矛先《ほこさき》を調整すれば、何の水音もしない。

水音のエネルギーが逆流するかのごとく、尿道を揺らす。矛先がぶれる。面白くなり、深夜だというのに思い切り声をあげて笑う。一度笑ってしまえば気分はさらに高揚。リビングに大の字に寝っ転がり、鉄板の上のイカのごとくのたうちまわる。おぶらでぃ、おぶらだ、らごぞ、ぶらぁ。サビしか知らないビートルズの何だか呪文めいた曲を大声で歌う。八十四円でこんなに楽しい気分になれる。やはり発泡酒は最高だ。

「あ」

気づけば、妻がいた。

おぶらでぃ

そりゃ零時過ぎに、月収十二万の夫が大の字で熱唱していれば否が応にも様子を窺《うかが》いに来るだろう。やりすぎた。

「ごめん、ごめん、今、寝るから」

正座で謝罪してみたが、反応はいつも通り。

「ん」

生返事の後、俺に一瞥《いちべつ》もくれることなくトイレに入るや、からからとペーパーを引く音。さっき俺が使用した際の誤射を片付けているらしい。

「ごめん、勢い余ってさ、俺がやるから」

トイレの前、陳謝する。沈黙が続く。

「ん」の返事すらない。妻の中、何かぷつと切れてしまった、そんな気がする。まずい。まずい。まずい。

「出てきてくれよ、なあってば」

何度も、激しく、トイレのドアを叩《たた》く。

体が内側から震えてくる。

「わかった。俺、今のバイト先で正社員になるから！　もう隠れて発泡酒なんて呑まないから、な、な」

叩くたびにやはり体が震動する。指サックを外して再びノックする。やはり音はする。体だけが震える。

サイレンサーは形状やサイズも用途によって様々。

ああ、そういうことですか。

妻がなぜこんな俺に律儀にも毎日寝巻きを用意してくれていたのかようやく理解した。そりゃ収入が倍もあれば高いものも買えるだろうし、夜中にリビングでのたうち回るような奴の声なんて聞きたくないだろう。

年甲斐《としがい》もなく、わんわんと泣く。

もちろん、妻には聞こえていない。もうどうでもいい。プシュ、プシュ、グシュ。

あとがき

こうして「あとがき」を書かせていただけていること、またあなたのお手にとっていただいていること、御礼申し上げます。まさかこんなに硬い書き出しになるとは思ってもみませんでしたが、ともかくこの「あとがき」が無事に印刷所、製本会社を経由して、あなたの網膜《もうまく》をくすぐっているのだと思うと、それだけで救われます。

出版社での職を辞し、今の仕事に専念しようと決心したのが四年ほど前。恋人、友人、両親にただの一言も告げず、半《なか》ば蒸発に近い形で今の住居、何もない六畳ワンルームへと引っ越してきました。一切の過去を清算したかったとか、厭世的《えんせいてき》な気分に駆られたとかではありません。ただ私の目標を達成するには、誰からの干渉も受けない場所が必要だったのです。

幸い、手元には新卒からの貯蓄がありました。女の一人暮らしであれば、四、五年は暮らせる額です。その間に、目標を達成しなくては。闇に似た孤独のなか、私は決意を新たにしました。

さて、あなたはきっと不思議に思われているはずです。この四年もの間、私が何をしていたのか。一言でいえば、「あとがき」を書いていたのです。今あなたが読んでいるこの「あとがき」です。そんな馬鹿な、と笑われるかもしれませんが、本当なのです。四年前から、ただひたすら、修道女のように「あとがき」だけを書き続けてきました。もちろん一つの「あとがき」に四年も費やしてきた、という意味ではありません。そんなことをして何になるのでしょうか。そうではなく、最低でも月に二十本程度の「あとがき」を仕上げて印刷し、編集者に渡す作業を繰り返してきたのです。

なぜ私がそのようなことをしているのか。きっかけとなったのは、出版社を辞める直前まで担当していた老齢の作家の存在です。齢《よわい》八十を前にして、彼はキャリア最長となる巨編を執筆中でした。

ところが何年経過しても、物語は当初聞かされていた構想の一割も進みませんでした。このままでは、完成前に彼の寿命が尽きることは明らかです。それなのに、次々に本筋から離れた回想やら新たな登場人物やらを投入してくるのです。上下巻での刊行予定だった単行本も、早々に出版計画が見直され、付き合いの長い書店の隅に書き下ろしの新刊が置かれるのみ、という状況になっていました。最初は私のような若手女性編集者に対する挑発、嫌がらせかと思いましたが、違ったのです。

その作家は、すでに憑《つ》かれていたのです。自分の物語に逆に呑みこまれ、傀儡《くぐつ》となっていたのです。原稿を仕上げてくる彼の表情から、救助を求める意を読み取ることは簡単でした。

だから、私から、終わらせてあげることにしました。性懲《しょうこ》りも無く、新しい単行本が出る頃でした。作家から直接受け取った原稿を校正に回す前に、会社でこっそり改変して、終了させよう、そう目論《もくろ》見ました。でも、最後に編集者としての倫理が働いたのでしょう、それだけはできませんでした。だからせめてここで物語は終了である、という旨の「あとがき」を追記しました。物語を改変することなく終わらせてあげるには「あとがき」を書く以外、方法は残されていませんでした。

印刷所に原稿を持ち込んだ時にはもう、私の机の上には退職願が置かれていました。が、私には一切の後悔がありませんでした。なぜなら、私は、その作家から感謝されていた、そう断言できるからです。

あの夜。「あとがき」を印刷所に持ち込む直前。最後に直接、作家に電話をかけました。なんとも眠たそうな声でしたが、御構《おかま》い無しに、もうこれ以上原稿は必要ないこと、そして勝手に「あとがき」を書き、この物語を完成させてしまったことを矢継ぎ早に伝えました。受話器の向こうで相手は黙りこくり、ただ荒い息遣いだけが聞こえてきましたが、しばらくして「どうも」。そこで電話は切れました。

その時、私は確信しました。
ああ彼は今、自由になったのだと。私が彼を物語から解放してあげたのだと。おぼろげだった天啓に輪郭が与えられた瞬間でした。私がこれからの人生でやるべきことはこれなんだ。一つでも多くの本を「あとがき」で完成させ、作家やそれに携《たずさ》わる編集者を救済してあげなくては。

以降の私については説明した通りです。無数の「あとがき」を書いては印刷し、出版社より出てきた編集者を尾行し彼らの鞄に忍ばせてきました。その編集者が「完成」に飢えているかどうかを見極めることは簡単です。早い話があの時の私とよく似た表情をしているのです。どんなに気高《けだか》い編集者であろうと、目の前に「あとがき」が出現したら、手を伸ばさずにはいられないはずです。たとえ誰が書いたかわからない代物《しろもの》であっても。

もう一つ、忘れてはならないこと。それは「あとがき」が使われた時初めて、私もまた完成するのです。だからこそ、今こうしてあなたが手にとって読んでくれていることに、心の底から御礼申し上げます。救われます。

〈巻末対談〉ゲスト 加《か》納《のう》愛《あい》子《こ》さん（Aマッソ）

コント、漫才、そしてエッセイ、さらに小説と、その活動範囲を広げ続けている加納愛子さん。実は以前から単行本の『ずっと喪』を「アメトーーク」や雑誌などで推薦されていました。「お笑い脳を刺激された」そのツボとは一体なんなのか？　著者の洛田二十日さんと、お笑いとショートショートの意外な共通性やお互いの作品について語り合った八十分。

実は寄席研《よせけん》にいてコントも作っていました（洛田）

洛田　すいません！（言いにくそうに）実は大学のとき寄席研にいてコントもやってました。同じ面白い設定を考えついたとき、コントにしてショートショートにもしてみて、意外にショートショートの方がウケがよかったんですよね。で、僕はそっちのほうに行ってしまったのかなと。早い話が、スタート地点はお笑い、ギャグ・ショートショートだったのは間違いないですね。

加納　えーっ！　なるほどなるほど。この『ずっと喪』は、けっこう暗い話も多いじゃないですか。でもそっちの筋肉の人が書いてるから、出口がなんか重くないんですね。

洛田　ありがとうございます。地の文でボケを入れたり、読者さんに「いやいや、やりすぎだろ！」とツッコミ入れてもらえるように書いてるからかなというふうに、今ちょっ

加納　たとえばピン芸人の人が、すごい暗い漫談やったりとかしたとしても、いや笑わせにきてるからっていう、その嘘の面白さってあるじゃないですか。むちゃくちゃなんか暗くぼそぼそ喋ってるくせに、こいつ笑わせたくてこれやってるって思ったら、ちょっとおもろいみたいな。

洛田　あー、それは愛らしさでもあるみたいな。

加納　そうですそうです。なんか人間味というか。

洛田　めっちゃ、わかります。

加納　洛田さんの作品にも、根底のところになんかそういう身内感というか。うんうん、お笑いが好きなやつが書いてるって感じられる文章が好きで。つかみも早いし、たたみかけるテンポも。

洛田　そんなふうに言っていただけるのはすごくありがたいです。ところで以前からずっとうかがいたかったんですが、『ずっと喪』をどこで知っていただいたんですか？

加納　まだ出て間もない頃だったと思うんですけど、仕事でお世話になっていた編集者の方から「面白いよ」って教えてもらって。ずいぶん読み返しました。

洛田　去年ライブによんでいただいて、楽屋にうかがったときに「パックマン」がすごく印象的だったって言われて。

加納　「パックマン」面白いですよねぇ、やっぱり。何回も読んでました、私。おもろっ！て最初何回か読んで、勉強としてまた何回か読んで。絶対書かれへんよなぁ、私、こういうのはって。

洛田　これ、野方《のがた》の喫茶店で書いたんですけど、これはけっこう面白いぞって一人で盛り上がって。

加納　これ、設定思いついたときにめっちゃ嬉しくなる、そんなやつですよね。書いてるうちにおもろなってきたっていうんじゃなくて、これや！ってやつですよね。

洛田　はい。思いついたとき、思わず一回立ち上がりました（笑）。でも、めっちゃいい設定だぞって思った瞬間、これは絶対に失敗したくないみたいなプレッシャーもありましたけど。

加納　「ムチャプリ」も好きですよ。

洛田　これはもともと、アイドルグループのライブステージの企画考えろって言われて、ムチャぶりやって思いながら企画書いて。予想通りボツになったんですけど、小説にしちゃえ！と。僕、新潟出身なんですけど、知り合いの女子高生がよくエセ関西弁使うノリがあったなぁと。女子高生たちの日常会話とホラーテイスト組み合わせてみたら、けっこうイキイキした感じが出て、ちゃんとその場にいる子たちっぽくなったかなと。

加納　これはもう最後の文は死ぬほど好きです！　「どうでもいい」で終わるっていう。こういうことをしてほしいねん！小説でってめっちゃ思うんですよね。あと、「下戸《げこ》の憂い」もめちゃくちゃコント的でしたね。ここで何発かネタ出した後、変化つけて展開してゆくっていうのが――。めっちゃお笑いわかってる人が書いた気持ちいい台本。

洛田　台本です！　実際そうなんですよ、これ。もともとは落語家に――立川《たてかわ》の若手に書いて。

加納　えーっ、めちゃくちゃ腑に落ちました。

洛田　これもやっぱりボツだったんです。長いのと登場人物が多いので、若手ではまだ全然できないって。だからこれも小説にしちゃえと。だから後半では落語でできないことやってやろうみたいな感じで。

加納　文字として、読み物として面白いほうの台本に切り替えてるんですね。おもしろ！

洛田　たたみかけとかって、こっちが想定した以上に、リズムを読者さんが勝手に作ってくれると思うんですよ。だからこの作品では、急に描写を減らしてセリフ量をばっと増やすとか、なんかいろんなことができたかなと思っています。

映画の脚本を書きたくて映画サークルに入ったんです（加納）

洛田　加納さんは演者さんでもありますが、形にしたい面白いアイディアがいっぱいあって、その中で最も自然だったのが、たまたま芸人さんって選択だったんでしょうか？

加納　最初は大学のときに映画の脚本を書きたいなぁと思って、映画サークルに入ったんです。そこでいろいろ撮ってるうち、もうコントやよなぁって話になって、先輩となんか一本コント映像撮ろうって。

洛田　じゃあ、まず映像からだったんですね、うん。

加納　そのときに監督と脚本やってみて、やっぱ面白いな、コントは、お笑いはって。なんか別にいい話を撮りたいわけじゃないしなぁっていうのもあって、それに気づいたタイミングで、村上《むらかみ》（注1）とインディーズ出ようかっていう流れになったんで。

洛田　そうだったんですね。まず大前提として面白い創作というのがあって、そこからコントに行ったという……。

加納　なんかそんな感じです。ええ話じゃないなと。

洛田　それを突きつめていったら芸人にと。でも意外と芸人さんになってからでも、いろいろ他にもできることはあったということですね。でも、僕も加納さんがクレイアニメを作り始めたときにはさすがにちょっと……。

加納　ハハハハハ、大失敗《おおしっぱい》（笑）。

洛田　この人はもう、いとうせいこうさんを超えたんだなぁという感動。

加納　言わんといてほしい（笑）。

洛田　僕もたとえばバラエティー企画で書いたものが、いやこんな予算無理だよなってなったら、ちょっとやっぱムカつくから小説にしてやれみたいなことがありますね。そういうところで創作の幅が広がりつつあるっていうのが、今すごく嬉しいです。今はもう二足のわらじじゃないですけど、放送作家だから放送作家だけやってろみたいな時代でもないですし。なんかそういう自由な気風が生まれてるから、もしかしたらAマッソさん的な空間に僕らも行けるかもと思える。それがありがたいですね。

加納　だけど、おもろがってる部分がブレるわけではない。なんか名札だけ変わるけど。そこってブレさせようと思ってもできひんもんね。

どう考えても、俺しか面白いと思わないってネタも書いてみる（洛田）

加納　芸人にもね、エゴをやるべきかやらんべきかみたいなん、あるじゃないですか。たとえばネタを八本やるとして、六本は賞レース用に出すようにやるけど、あとの二本はもう十五分とかやったり。短かったとしても絶対賞レースに使われへんよな、何し

つこくやってんねんっていうエゴみたいなところあるんですよ。そんな破壊衝動みたいなものは洛田さんにもあるんですか？　（『ずっと喪』は）けっこうきれいにまとまった作品も多いじゃないですか。これはたぶん名刺になると思いますけど。なんか、あれ？これ書けてんのか書けてへんのかっていうような綱渡りみたいなことをしたい衝動ってあります？

洛田　もちろんありますよ。まず設定の時点で、どう考えても、これ俺しか面白いと思わないんじゃねえかなってネタも書いてみる。これもボツになりましたけど「溺死《できし》ロック」っていうの書いてて。ライブハウスに巨大な氷がぶら下がってて、ライブの熱狂でその氷がだんだん溶けていくんですね。水かさがどんどん増して、最後は全員死ぬっていう。ライブが盛り上がれば盛り上がるほど水かさが増すので、結局、死ぬまでいかないと売れてないっていう設定で。

加納　アハハハ！

洛田　氷が溶けないということは盛り上がってないってことだから、そんなバンドは「乾きもの」って呼ばれちゃうんですよ。

加納　なるほど。

洛田　これ、自分ではめっちゃ面白いと思ったんですけど、読む人にこの面白さを伝えるためには、設定の説明だけですごく長くなっちゃったんで単行本には収録されませんんでした。でも、このネタはリベンジしたいなと思いますね、いつか。

〝自分のお笑い〟より、いろいろなお笑いをやりたい（加納）

加納　意外に思われるかもしれないんですけど、なんか〝自分のお笑い〟っていうより、いろいろなお笑いをやりたいんですよね。だから嘘つけって言われるかもしれないですけど、そんなに自分があると思ってないっていうか。同じボケやるじゃないですか、個性あるやつって。それだけでなんか面白いんですけど、私は他もやりたいかなって思っちゃうんですよね。

洛田　あー、それは見てて感じることはあります。ただ、お笑いやりたいっていう、その欲求だけは常にありますよね。

加納　たとえば仲いいやつで言うと、ランジャタイの国ちゃん（注2）とかは、めちゃくちゃもう国ちゃんが確立されてるけど、私は、え、しゃべくりやりたくなったりせえへんの？とか思ったりする。それをやるしかないという衝動で突き動かされているやつは芸人としてめっちゃ魅力的やけど、私はそっちにはなれないというか、飽きちゃうし。

洛田　加納さんはもちろん演者としての芸人でもあるんだけれども、作り手、創作者としての加納さんもいる。その二人は少し別だったりするのかもしれないですね。

撮影／高橋ゆり

加納　そうですね。だからたぶん見る人が見たら、すごくブレがあるというか。ズームしてみたら、めっちゃムラがあるんやと思うんですけど。でも、どれの人でもないから楽っていうのもあるかもしれないですね。なんかちょっとせこいけど、漫才師って言われたら漫才師ちゃうって言えるし、コント師って言われたらコント師ちゃうし、エッセイストでもないし。

洛田　分かります。僕もショートショートはもちろん好きだけど、一つのアイディアがあったら、これはショートショートかな？　これは落語にしてやろうかな？　コントでもいいな。そんな風に後から着地を考えるタイプだったりするんですよ。

オフィスものが書きたい！（加納&洛田）

洛田　僕、大学のときに文芸創作のゼミに入ってたんですよ。そこで所信表明みたいなの書かされたんですけど、アホみたいに「僕はこのゼミに入ったら笑える小説いっぱい書きます！」みたいな宣言して。いや、もう小四ぐらいのテンションでしたけど（笑）。ただ、こうやって書き続けてくると、意外とハートウォーミングなオチみたいなものも、僕あんまり嫌いじゃないなって、逆に気づいてきて。

加納　書いてて自分のオッケーラインとNGラインがわかってくるというか、手段としては別によかったりするし、そんな毛嫌いするもんでもなかったなって気づくことありますよね。とにかく破壊したいわけではなくて、たとえば短編一つ書くとき、これを書きたいっていうものがあって、ここを守るためには破壊じゃないほうがよかったら、人間に付随したわかりやすい感情でもよかったりするんじゃないかなとか。

洛田　はいはいはい。

加納　まぁちょっと大人になってる部分もあるし、そっちもそっちでやっぱまだ開拓するところ残ってるなっていうのもあるし。

洛田　今回の加納さんの小説（注3）、見本で読ませていただきました。ほんと〝友情〟だけでこんなに面白く書ける人は信じられなくて。友情のあのノリって抽出できないですよ。いろんな方といっぱい喋ってるからこそ生まれるノリなのかと感じるんです。

加納　実は今回、芥川賞を取られた高瀬《たかせ》さん（注4）から帯にコメントをいただいたとき、一緒に感想ももらったんですけど、加納さんの小説って、主人公にすごい喋らせますねって。なんか感情を言語化してる人ばっかりやって。めっちゃ恥ずかしかったんですけど（笑）。

洛田　たしかに、登場してくる人がみんな、話が巧くて面白い！　全員がみんないいセリフ持ってる。それがノリ生むなって。僕にはなかなかできない。

加納　でも、それは私のウィークポイントでもあるから。はい、今後たぶん壁にぶち当たる

洛田　と思うんですけど。ただ、自分が本業じゃないっていうか、芸人やりながら文章の世界にお邪魔するってなったときに、自分の中で強みはなんやろうとか、何で戦えるかな、みたいなことを考えると、私は演者として出てるので、還元できるならそこなのかなと。

加納　饒舌《じょうぜつ》文体っていうのもありますし、全員がそうっていうのはすごいいいですよね！　次はどんなものを書いていかれるんですか？

洛田　いま、長いものを書くなら取材のセッティングするんで言ってくださいって編集者の人に言われてるんですけど、オフィスって面白くないですか。

加納　僕はサラリーマン経験とかないので、正直あの島耕作《しまこうさく》とか、東京03（注5）さんのコントとかでしか。だから、あんまりサラリーマンとか描けなくて。

洛田　めっちゃわかります。だから私「マンデーズ」（注6）観ました、最近。

加納　ああ、映画の。

洛田　面白かったんです！　オフィスもの、めっちゃおもろくないですか。私にとっては異世界というか。

加納　なんかおかしなローカル・ルールとかありそうだし、謎ですよね。タイムカードってバイトだけかと思ったら社員もあるらしいとか。営業って実はなにをしてるのかとか、

洛田　ぜひ取材したい！　というか、一年ぐらい働きたい（笑）。そして書きたい。そこが

いちばんの日常なんだから、そこを破壊するためには絶対知ってなきゃいけない世界だと思うんです。

加納　私もすでに知ってる芸人の世界とかだけでなくて、取材が必要なような長いものも書いていきたいと思うんですけどね、うん。そうでないと、なんかこう、狭くなりますよね。

洛田　加納さんだったら、それを映画にするとか。

加納　映画を撮るというか、原作・脚本とかやれたらいいですけどねー。洛田さんは今後は、やっぱりショートショートを？

洛田　そうですねー。「桂子《けいこ》ちゃん」でショートショート大賞を受賞した後、一冊の本にするために、一年かけてショートショートを千本ノックみたいな感じで書いてました。その頃が本当に人生でいちばん幸せだったので、できれば、もう二、三冊はショートショート集を出したいですね。

加納　楽しみです！

（二〇二二年十一月　赤坂のライターズ・オフィスにて収録）

（注1）村上／Aマッソの相方の村上愛《あい》。加納愛子とは小学校時代からの幼なじみ。

（注2）ランジャタイの国ちゃん／お笑いコンビ・ランジャタイの国崎和也《くにざきかずや》。

（注3）加納さんの小説／二〇二二年十一月に刊行された初の小説集『これはちゃうか』（河出書房新社刊）

（注4）高瀬さん／小説家の高瀬隼子《じゅんこ》。『おいしいごはんが食べられますように』（講談社刊）で第一六七回芥川賞を受賞。

（注5）東京03／プロダクション人力舎に所属するお笑いトリオ。メンバーは飯塚悟志《いいづかさとし》・豊本明長《とよもとあきなが》・角田晃広《かくたあきひろ》。

（注6）「マンデーズ」／二〇二二年十月に公開された映画「MONDAYS　また月曜日がやってくる」。小さなオフィスを舞台に、社員全員が同じ一週間を繰り返すタイムループ・ムービー。竹林亮《たけばやしりょう》監督作品。

二〇一八年五月　キノブックス刊
「あとがき」……書下ろし

光文社文庫

ずっと喪《も》

著者 洛《らく》田《だ》二《は》十《つ》日《か》

2023年1月20日 初版1刷発行

発行者 三宅貴久
印刷 新藤慶昌堂
製本 榎本製本

発行所 株式会社 光文社
〒112-8011 東京都文京区音羽1-16-6
電話 (03)5395-8149 編集部
8116 書籍販売部
8125 業務部

ISBN978-4-334-79487-3 Printed in Japan

組版 萩原印刷

光文社文庫　好評既刊

光文社文庫最新刊

ブラックウェルに憧れて　四人の女性医師	南　杏子
テレビドラマよ永遠に　女子大生桜川東子《さくらがわはるこ》の推理	鯨　統一郎
第四の暴力	深水黎一郎《ふかみれいいちろう》
みどり町の怪人	彩坂美月
ちびねこ亭の思い出ごはん　からす猫とホットチョコレート	高橋由太
断罪　悪は夏の底に	石川智健

光文社文庫最新刊

毒蜜　裏始末　決定版	南　英男
ずっと喪	洛田二十日
未決　決定版　吉原裏同心(19)	佐伯泰英
髪結　決定版　吉原裏同心(20)	佐伯泰英
ふたり道　父子十手捕物日記	鈴木英治
獄門《ごくもん》待ち　隠密船頭(十)	稲葉　稔